目次

おもな登場人物

おしげ……………橋場の渡し傍にある一膳飯屋〈しん〉の女将。
おけい……………橋場の渡し傍にある一膳飯屋〈しん〉の若女将。
平助……………橋場の渡し傍にある一膳飯屋〈しん〉の料理人。
新吉……………おしげの息子。
おちか……………竹町の渡し近くにある『松屋』の芸者。まめ菊。

みぞれ雨

名残の飯

第一話　みぞれ雨

1

霜柱の立つ寒い朝のこと。

竹箒《たけぼうき》を手に外へ出てきたおけいは呆気《あっけ》に取られた。店の勝手場を任せている平《へい》助《すけ》が、どういうわけか子どもを連れている。きちんとした身なりの五つか六つくらいの男の子だ。

「よう」

目が合うと、平助は手を上げた。

「言っておくが、拐《かどわ》かしたわけじゃねえぜ」

口を尖《とが》らせ、上目遣《うわめづか》いになる。

「そんなこと、疑っていませんよ」

探るような目つきがおかしくて、おけいは苦笑いした。

「わたしはてっきり、お身内のお子さんかと」

「そう見えるか？」

「いいえ」

煤《すす》けた団栗《どんぐり》みたいに真っ黒な顔の平助と、茹《ゆ》で卵さながらの白い顔をした子どもは、とても祖父と孫には見えない。

「冗談ですよ」

もう八年の付き合いだ。平助がずいぶん前から独《ひと》り者《もの》なのは知っている。身内の話も聞いたことがない。子どもに懐《なつ》かれ、いつになく困った様子なのがおかしくて、ついからかったのだ。

「わかってるさ。――まったく、おけいさんときたら。朝からつまらねえことを言いなさる」

平助は再び口を尖らせた。

「勝手についてきたんだ」

「そのようね」

何が気に入ったのか、子どもは平助の着物の裾《すそ》をしっかり摑《つか》んでいた。

店へ続く土手沿いの道で、ふと気づくと真後ろにいたという。たまたま同じ道を歩いているのかと思ったが、いつまでもついてくる。年寄りをからかっているのかと足を速めると、子どもは小走りになった。

土手を下りるとき裾を引っ張られた。草の生えた坂道は滑りやすい。怖いのだろうと手を引いてやった。坂を下りたところで手をほどき、「もう行きな」と言うと、子どもはかぶりを振った。やれやれと、ため息をついても動じない。立ち去ろうとする平助の着物の裾をしっかと摑み、ここまでくっついてきた。

なるほど、拐かしではない。

だとすれば迷子か。辺りを見渡しても、親らしい者は見当たらなかった。旅姿でないところからすると、この近くの家の子どもだろうが、あいにく見覚えがない。

腰をかがめ、おけいは男の子と目線を合わせた。

「こんにちは」

子どもは元気な声で挨拶《あいさつ》した。

「はい、こんにちは」

「お正月で五歳になった」

紅葉《もみじ》みたいな掌《てのひら》を広げてみせる。その仕草が可愛くて、おけいは目を細めた。

「今日はどこから来たの？」

「……家」

つぶらな眼を瞠《みは》り、子どもが小声で答える。

「そう。お家から来たの」

「うん」

子どもはうなずき、口を引き締めた。答えるのはここまでと言いたげな面持《おもも》ちで、顎《あご》を上げている。

家から来たのはわかっている。

その家がどこで親はどうしたのか知りたいのだが、子どもはつるりとした丸顔に強情な色を浮かべ、口をつぐんでいる。名を訊《き》こうとしたら、気配を察したのか、子どもは下を向いた。親と一緒にいてはぐれたのか、勝手に出歩いているのか。もしや道に迷って帰れなくなったのかもしれないが、いずれにせよ家の者は心配しているはずだ。

どうしたものかと平助と顔を見合わせたとき、子どもがくしゃみをした。

「中へいらっしゃい」

慌《あわ》てておけいは子どもを手招いた。どこの子か知らないが、こんな寒空のもと立たせていては風邪を引く。

「まあまあ、可愛いお客さんだこと」

厨《くりや》から出てきた母のおしげは、子どもを見て相好《そうごう》を崩した。

「さ、火鉢の傍《そば》にいらっしゃい」

おしげは子どもの両肩を押し、長床几《ながしょうぎ》に座らせた。火鉢を近づけてやり、おけいを目顔で呼ぶ。

二人で厨へ行き、向き合った。

「どこの子なの」

「言わないのよ。歳は五つですって。平助さんの着物の裾を摑んでここまでついてきたみたい。迷子だと思うんだけど、歳しか教えてくれなくて」

「困ったわね」

ちらと店へ目を遣《や》り、おしげは頰に手を当てた。

「ともかく何か温かいものを飲ませておやり。事情を訊くのはそれからよ」

おけいは湯を沸かし、茶碗に注いで砂糖を溶かした。そこへ金平糖《こんぺいとう》を浮かべ、匙《さじ》と一緒に盆へ載せて運ぶ。

「どうぞ。熱いから気をつけてね」

「ありがとうございます」

茶碗を差し出すと、子どもは律儀《りちぎ》に礼を言った。

何か事情があるにせよ、躾《しつけ》の行き届いた家の子だ。爪もきれいで姿勢もいい。

子どもはそっと茶碗に手を伸ばし、両手で包んだ。ふうふうと砂糖湯に息を吹きかけるさまについ見入ってしまい、おけいは目を伏せた。

肩揚げのついた紺絣《こんがすり》の着物は真新しく、帯もいいものを締めている。店の前では強情な顔を見せたが、甘い物を飲んで気がほぐれたようだ。匙で金平糖を掬《すく》い、大事そうに口へ運ぶ姿が微笑《ほほえ》ましい。

おけいに見られているのを感じたのか、子どもがこちらに目を向けた。

「おいしいです」

火鉢と砂糖湯で体が温まったのだろう。さっきまで白かった頰にうっすら血の色が上っている。

「気に入ってよかったわ。お代わりもありますからね」

おけいが言うと、子どもは顔を輝かせた。お腹が空いているのかもしれない。考えてみれば、もうじき昼餉《ひるげ》時だ。

「何か食べる？」

おけいは言った。

「うちは飯屋だから、ご飯もお汁もすぐ出せますよ」

「――『しん』」

子どもが小さな声で言うのに驚いた。

「あら。この店の名を知っているのね」

「暖簾《のれん》に書いてありました」

「すごいわ。もう文字が読めるの」

「ちょっとだけ」

照れたのか、子どもが顔を赤くする。

「それでも大したものですよ」

感心しているところへおしげが来た。ご飯を食べさせたいと話すと、それがいいとうなずき、子どもに笑いかける。切れ長の目がとろけそうになっている。三十六の娘おけいとの二人暮らしで可愛がる孫もおらず、厨で顔を突きあわせるのは還暦の平助という殺風景な毎日。店に子どもがいるだけで気が浮き立ち、つい構いたくなるのは、おしげも同じようだった。

2

おきよはうつむいて歩いていた。

渡し場の渡しに舟が舫《もや》われているのを見つけ、誘われるように近づいていった。足音に気づいて船頭が振り向く。

「乗せてください」

川縁《かわべり》で胡座《あぐら》をかいていた船頭が立ち上がった。背の高い、引き締まった体格の男だった。年中外にいるからか日に焼けている。船頭は艪《ろ》を川に差し、おきよが乗り込むのを待った。

縁《へり》をまたぎ、舟の端に腰を下ろす。

「向こう岸まで」

目を伏せて早口に頼んだ。

「はい」

船頭が顎を引き、静かに舟を出す。

話しかけられるのが嫌で目を伏せた。じっとしていると額や頬に川風を感じる。曇天を映したような波をかき分け、舟はゆっくり進んでいった。土手沿いを歩いていたときより水の匂いが強くなる。

しばらくして、おきよは伏せていた目を上げた。船頭はこちらに背を向けて艪を漕いでいる。気を使っているのか、もとより無口なのか、話しかけてくる気配はない。それがありがたかった。今は世間体をつくろう元気がない。ぼんやりしていられるところを求め、外へ出てきたのだ。

寒いせいか舟はまばらだった。ただでさえ寒い中を川風に煽《あお》られようという物好きは少ないのだろう。

岸が遠ざかるにつれ、息を吸うのが楽になった。

川の上は静かだ。聞こえるのは船頭が艪を搔《か》く、かすかな音だけ。それがいい。独りで暮らしている長屋は壁が薄く、耳を塞《ふさ》いでも隣家の子どもの声が聞こえるのが辛《つら》い。

が、いずれ舟は向こう岸に着く。どこへ行こう。

歩きまわれば気も紛《まぎ》れるだろうか。だとしても日が暮れる頃にはあの長屋へ帰るのだ。今晩も薄い壁越しに子どもの声を聞き、胸を搔きむしられる思いをするのが目に見えている。

もうあの声を聞きたくない。

眠れない日が続き、おきよはくたびれていた。舟はゆるやかに前へ進み、向こう岸が近づいてくる。川沿いの道を母と子の二人連れが散歩していた。前髪のある男の子は分厚い綿入れを羽織っていた。母と手をつなぎ、楽しげに笑っている。風に乗り、こちらまで二人の声が流れてくる。

舟を止めてほしいと、おきよは思った。

行きずりの親子は足を止め、土手沿いの道で話している。さっさと遠ざかればいいものを、道草を食い、仲睦《なかむつ》まじい姿を見せつけている。

追い詰められた心地になり、おきよは腰を浮かした。あの親子から遠ざかりたい一心で立ち上がり、舟の縁に片足を乗せる。

「落ちますよ」

後ろから低い声がして、腕をつかまれた。振り返ると、船頭がおきよを見下ろしていた。頭一つ分以上も背が高く、力も強い。引き締まった顔に憂いの色を浮かべ、心配そうにおきよを眺めている。

船頭は櫓を川に差し、舟を止めた。反動で波が舟を叩く。

「揺れますから、座ってください」

抑えた口振りで諭《さと》され、おきよは肩を丸めた。

「ごめんなさい」

早口に詫《わ》び、腰を下ろした。

「いえ」

船頭は低い声で返した。こちらを窺《うかが》う気配がする。

「出してください。もう妙な真似はしませんから」

しばらくして、船頭が舟を漕ぎ出した。川沿いの道から親子の姿が消えている。恥ずかしくて顔を向けられず、向こう岸に着くまで、おきよは身を縮めていた。

「失礼いたしました」

目を伏せたまま頭を下げた。迷惑をかけたお詫びに、多少の色をつけて渡し賃を払うと、船頭は自分も舟を下りてきた。わずかに雲が切れ、薄日が差している。船頭は舟を舫うと、草むらに胡座をかいた。

「こういう日はお客が少ないんです」

川を眺めて目を細め、独り言のようにつぶやく。

「お客さんを下ろしたら、ちょうど一休みしようと思っていました」

船頭は頬にかすかな笑みを浮かべた。目尻に浅い皺《しわ》が寄る。年中舟に乗っているせいか日に焼け、肌には小さな染みがあるが、歳はせいぜい三十過ぎだろう。二十七のおきよと大して変わらない。それにしても。

何が言いたいのかしら――。

意図がわからず、おきよは次の言葉を待った。

「舟に乗る方はお連れの方とよく内輪《うちわ》の話をなさいます。下りれば、それきり会うこともありませんから気楽なのでしょう」

船頭は前を向いて喋《しゃべ》っている。

「こちらも、次のお客さんを乗せれば忘れてしまうんです」

「忘れる？」

「船頭ですから。お客さんの話には立ち入りません。波音みたいに、耳に入った傍《そば》から流れていくものなんです」

波音みたいに。

実際その通りなのだと思う。深刻な話を耳にしたところで、所詮《しょせん》行きずりの仲。いっとき関心を掻き立てられることはあっても、右から左へ流れてしまうのもうなずける。つまり船頭は、自分に話してもこの場で忘れると言っているのだ。だから話せばいい。そのつもりで舟を下りてきたのか。

川に目を向けているのは、おきよが話しやすいようにとの気遣いかもしれない。

船頭は色の褪《さ》めた木綿《もめん》の着物に、古びた博多《はかた》帯を締めていた。着ているものは粗末だが、姿勢がよく、口許《くちもと》が引き締まっている。悪い人には見えなかった。川へ飛込もうとした厄介《やっかい》な客を邪険《じゃけん》にせず、心配してくれている。

打ち明けてみようか。話せば気が楽になることもある。独りで鬱屈《うっくつ》を抱えているから、暗い気持ちを持て余し、ふらふらと船の縁に足をかける羽目になる。

「長い話ですよ」

昨日今日始まったことではないから。

「構いません」

船頭は言うが、縺《もつ》れて絡まった毛糸玉のようになっている話を、果たしてどこから始めればいいのだろう。

「さっき、この道を歩いていた親子連れを見ましたか」

「ええ」

二十代半ばくらいの母親と、四つか五つの男の子。まるで少し前までのおきよのような親子連れだった。

「わたしにも、あんな年頃の息子がいたんです。――事情があって手放しましたが。あの二人を見たら、つい息子を思い出したんです」

元はと言えば妹の子だけれど。

おきよは実の子と思っていた。生まれたばかりの赤子の頃から世話をして、大事に慈《いつく》しんできた。

「息子といっても実の子ではありません。妹とわたしの夫との間にできた子ですが、わたしの子として育てていたのです。家は商売をしておりまして、跡取りが要るものですから」

他人の話のようだと思う。

妹の子。いったい誰のことか。おきよは松男《まつお》をそんなふうに思ったことはない。たとえ自分で産んでいなくとも、あの子は我が子。赤子のときから、おきよがこの手で育ててきたのだ。

それでも人は妹のおさちこそ、松男の母だと言う。

昔から鬱陶《うっとう》しい子だった。人のものばかり欲しがって、おもちゃでも着物でも、二つ上の姉のおきよが持っているものはすべて手に入れたがった。

「お姉ちゃんはずるい」

それがおさちの十八番《おはこ》。親が下駄を与えれば、おきよのもののほうがいいと騒いで取り替えたがる。大きくて、まだ履けないと叱られても聞かない。そっちがいいと手に入るまで拗《す》ねている。そういう妹だ。

物だけではない。

おきよが三味線《しゃみせん》の稽古を始めれば、自分もやりたいとごね、無理やりくっついてくる。お襁褓《むつ》も取れていない歳では小さすぎて無理だと、親が止めても言うことを聞かない。案の定、撥《ばち》が手に余って持てずにべそを掻き、そっちのほうがいいと、おきよの撥をねだる。取り替えたところで同じなのに。泣いて騒ぐ妹がくっついてきては迷惑をかけるからと、結局おきよが三味線の稽古を止《や》める羽目になる。

子どもの頃から、ずっとそんなことの繰り返しだった。

親はおさちに振り回され、おきよが辛抱《しんぼう》を強《し》いられた。

「お姉ちゃんなんだから」

そう言われれば口答えもできない。おきよはいつだって妹のために譲ってきた。喧嘩《けんか》になれば親はおさちの側につく。

「妹に優しくしなさい」

と叱られるのは、おきよのほう。だから、悔しい思いをしても口を噤《つぐ》んできた。

主張するだけ無駄だと諦《あきら》めていた。

そんなおさちのことを親は甘やかしてきた。下の子は可愛いのだ。おさちは我《わ》が儘《まま》で手が掛かった。きかん気の強い仔猫《こねこ》のようで、小さな爪で引っ掻かれながらも、それを喜んでいるところがあった。

対するおきよは従順な犬。

きちんと言いつけを守り、いい子にして頭を撫《な》でられるのを待っている。我を出さず、与えられたものに文句は言わない。それが姉娘の役割だと、子どもの頃からわかっていた。

縁談が来たのは二十のとき。傘屋をしている親の同業者が間に入り、まとまった。夫の元彦《もとひこ》は同業の家の三男坊。家はおきよとおさちの姉妹だけだったから、婿養子に入ってもらうことになった。

「いい人じゃないの」

まずは母が気に入った。

「口数が少なくて控えめだが、芯がしっかりしていそうだ。ああいう男なら奉公人ともうまくやれるだろう」

父も及第点を出し、縁談はするりと決まった。

元彦はおきよより四つ上。おとなしい男だった。中肉中背で、どこにでもいそうな顔立ちをしていた。そこが母にとっては安心の種のようだった。若かった頃の父は女遊びをして、母を泣かせていたらしい。

見るからに堅そうなこの男なら大丈夫と思ったのだろう。元彦は職人をしている父親の仕事を見て育っており、傘を見る目も確かだった。

でも、それだけだ。人気役者に似ているわけでも、おもしろい話ができるわけでもない。親から見て釣り合いの取れる男なのだから、元彦はおきよと同じ、従順な犬である。

そんな元彦のどこがいいのか。

男なら他にいくらでもいる。同業には我が家より羽振りがよく、見栄《みば》えのいい息子がいた。そういう男でも、あの子なら手に入れられたと思う。おさちはぽっちゃりとした、器量よしの娘だった。物怖《ものお》じもせず、すぐに人と親しくなれるから誰にでも受けがいい。

それなのに、おさちは元彦を欲しがった。

おきよの婿だからだ。姉の相手だから手を出したくなったのだと思う。

祝言《しゅうげん》を挙げて一年以上経《た》った頃。おさちが神妙な面持ちで訪ねてきた。その顔を見たときに嫌な予感がした。物心つく前から付き合ってきた妹だ。また面倒なことを言い出すに違いないと思った勘が当たった。

当時、おさちは二十一。既に他家へ嫁いでいた。どう口実を作って婚家を出てきたのか、高い菓子を土産《みやげ》に持ってきた。

父と元彦は店に出ており、母はどこかに用事があるとかで留守にしていたから、部屋でおさちと二人きりだった。

「話があるの」

と、勿体《もったい》ぶった口振りで言い、おさちは上目遣《うわめづか》いをした。

「どうしたの、急に」

「うん」

自分から訪ねてきたくせに、おさちはなかなか言い出さなかった。膝の上で揃えた手を組み替えたり、空咳《からせき》をしたり、落ち着かない様子を見せた。

「相談事があるなら聞くけど」

仕方なく、おきよはこちらから水を向けた。このまま口を開くのを待っていても焦《じ》れるだけだ。

「それがね。言いにくいことなんだけど」

「お金の話?」

おさちが嫁いだのは土地持ちの家。不自由しているはずはないと思ったが、一応訊いてみた。家にお金があっても、夫に内緒で贅沢《ぜいたく》な物を買い、払いに困っているとも考えられる。

「違うわよ」

「だったら、なあに。黙っていたらわからないわ」

「姉さん、怒らないでね」

おさちは眉をひそめ、泣きそうな顔を作った。それでいて口許は笑いそうに弛《ゆる》んでいる。子どもの頃から、しょっちゅう見せられてきた顔だ。我が儘が通ったとき、おさちはよくこういう顔をしていた。

「あのね、わたしお腹に子ができたの」

「よかったじゃない」

おきよが言うと、おさちはさらに眉をひそめた。その下の目がこちらの顔を窺っている。

「元彦さんの子なの」

肩をすぼめて申し訳なさそうな姿勢を作りつつ、おさちはどこか得意そうだった。

白い手で帯のところを押さえ、こちらを見る。

「ごめんなさい」

おきよが口を開く前に、おさちが謝ってきた。

「ひどいことをしたのはわかってるの。でも、しょうがなかったのよ。わたしたち、惚《ほ》れ合っているんだもの」

そういうこと――と、思った。

道理でこの顔をしているわけだ。おさちは姉の夫を手に入れたのが嬉しくてならないのだ。

「姉さん、大丈夫？」

おさちはにじり寄ってきて、おきよの肩に手を伸ばした。

「気をしっかり持ってちょうだい。まだ話は途中なのよ。しまいまで聞いてくれないと困るわ」

「言いなさいよ」

低い声で返すと、おさちはびくりと震えてみせた。おきよは感心した。どうしてこう、息を吸うようにわざとらしい真似ができるのだろう。

「怒らないで。ちゃんと初めから話しますから」

おさちの話によれば、縁談がまとまる前からの仲だという。

姉の許嫁がどんな人か知りたくて、こっそり家まで見にいった。遠くから眺めるくらいの気持ちだったが、偶然元彦が外へ出てきて口を利いた。そのときは挨拶を交わしただけで、親しくなったのは次に道で出くわしたとき。妹として値踏みするつもりで話をするうち好きになった。

お互いの親に事情を伝えようと話していたが、おきよのことを思うと勇気が出なかった。さすがに祝言を挙げる前には別れるつもりで、おさちのほうから元彦を切った。だから進んで縁談を受け、他家へ嫁いだのだ。

「でも、別れられなかったの」

おさちは口をすぼめる。

「そうみたいね」

腹に子がいると気づいたのは半月前。もとからぽっちゃりしているから、うまく隠せているが、あと二月もすれば生まれるという。

「わたし、この家に戻ってこようと思うの。あちらの家に悪くて、とても向こうでは産めないから」

既に両親の了承を取りつけていると聞き、おきよは思わず目を剝《む》いた。おきよに話す前に、おさちはこのことを相談していたのだ。当然、元彦も承知している。爪《つま》弾《はじ》きにされていたのはおきよだけ。反対しようにも、もう話は固まっていた。

父が向こうの家へ詫びに行き、おさちは戻ってきた。むろんお腹の子のことは伏せ、体の具合が悪いことにして、家で看病させると言ったのである。世間体を憚《はばか》り、おさちは遠縁の家で子を産んだ。母はせっせと世話に通い、やがて丸々とした子を連れてきた。

それが松男だ。

赤子のときから眉が太く、顎《あご》のしっかりした凛《り》々《り》しい顔立ちで、不思議なことに、おきよと似ていた。

松男を産み、おさちは家に戻ってきた。若いからか回復も早く、顔色もよかった。おさちは婚家に戻らなかった。何やら両親とこそこそ話し合っていたかと思うと、ある日突然出ていった。向こうの家とは離縁で話がついていると、おきよは後から聞いた。他に好きな男ができ、その人と一緒になるために、松男を家に置き去りにしていったのだ。

3

「ひどい話でしょう」

おきよは自嘲《じちょう》した。

「大変な思いをなさいましたね」

「ええ、まあ。でも子どもに罪はありませんから」

家を出る前、おさちは畳に手をついて頼んできた。

自分に代わって松男を育ててほしい。父親のいない子にするより、この家の跡取り息子になったほうが幸せだから。姉さんも、血のつながった甥《おい》には苦労させたくないでしょう。おさちは目を赤くして、涙をぽろぽろこぼした。

「身勝手な言い分ですけれど、受け入れました。両親にも頼まれましたし。何より、息子はもう家の子になっておりましたから」

松男は甘えん坊だった。よく泣き、赤子の頃から我が強かった。昼寝をするのも、抱っこするのも、おきよでないと嫌がってむずかる。子持ちの奉公人から貰《もら》い乳などをして、無我夢中で育てるうち自分の腹を痛めた子でないことを忘れてしまった。

松男は当たり前のようにおきよに懐《なつ》き、おきよの腕の中で眠った。

顔を近づけると、腕を伸ばしてしがみついてくる。あのときの乳臭い匂いが懐かしい。添い寝をしていると、いつの間にか寝入っていた。松男がいた頃は眠れない夜などなかった。

「お正月で六つになったんです」

昨年、七五三のお祝いをした。

両親が気張って日本橋《にほんばし》の呉服屋で晴れ着を作り、皆でご馳走《ちそう》を囲んだ。松男は窮屈がっていたけれどよく似合っていた。夫婦仲は可も不可もなく、さして睦《むつ》まじくもないが、どの家もこんなものだと思っていた。このまま松男を間に挟み、やっていくのだろうと。

「そこへ妹が帰ってきました」

松男を捨てていったくせに、取りもどしにきた。

「一緒になった男からひどい目に遭わされたと言って、泣きながら」

相槌《あいづち》を打ちながら聞いていた船頭が沈黙した。

「馬鹿な子なんですよ」

つくづく情けない話だと思う。

喋っていて恥ずかしくなった。聞き捨ててくれると言うから話したものの、あれが自分の妹だと思うと嫌になる。

「でも、親にとっては馬鹿な子ほど可愛いみたいですね」

おきよは長い息を吐いて言った。

両親は出戻ってきたおさちを家に上げ、いったい何があったのだと事情を聞いた。大した話ではない。要するに、男に飽きられ捨てられただけのこと。醒《さ》めているおきよとは裏腹に、両親は一緒になって怒った。何というひどい男だと、おさちに同情した。

くだらない——。

心底そう思う。が、呆《あき》れているのはおきよだけ。両親はおろか、かつて相惚《あいぼ》れの仲だった元彦まで、おさちの肩を持った。

思い出して悔しくなり、つい縋《すが》るような声で訊いた。

「男の人も、そういう女が好きなんでしょ？」

「人によると思いますが」

船頭が控えめに言葉を返す。

「そうかしら。でも、おさちは昔から人気がありましたよ。男は単純だから。みんなあの子の嘘泣きにコロリと騙《だま》されるの」

ちらと船頭がこちらを振り返り、おきよは顔を逸《そ》らした。言った傍から後悔する。今の自分はさぞかしみっともない顔をしているに違いない。

「つまらない繰《く》り言《ごと》ですね」

「いえ」

「妹は、今は家で居候《いそうろう》をしています」

「厄介叔母《やっかいおば》というやつですか」

意外にも、船頭がそんなことを言った。こちらの愚痴にうんざりしている様子がないことに安堵《あんど》する。むしろ味方してくれているのではないか。おきよは背を押されるように、また愚痴を継いだ。

「本当に厄介な妹ですよ。勝手に出ていったくせに、男に振られたからと戻ってきて、わたしの大事な息子を取ったんですから」

「……………」

「いったい、どういうつもりなんだか」

ぼやいてはみたものの、おさちの魂胆《こんたん》ならわかっていた。端《はな》からそのつもりで帰ってきたのに違いない。おさちは甘ったれの寂しがり屋で、一人ではいられない。

男が駄目になれば、次の男。それも駄目なら、子どもでもいいかと思ったのだろう。夫ならば別に構わない。元彦とおさちの仲は祝言前からのこと。今さら悔しがったりしないし、欲しいならくれてやる。でも、松男は別。あの子をおさちにやるわけにいかない。

おさちに渡せば、松男は妹みたいな男になる。甘ったれで図々《ずうずう》しく、人に頼ってばかりの根性なしに育つのは見ていられない。

「わたしは息子を厳しく育てました」

我が子だからこそ、甘やかさなかった。

そのほうが松男のため。おさちのようにはしたくない。長男で跡取りなのだから、自分と同じようにきちんと躾《しつ》けなければ。婿養子の元彦は頼りにならず、おさちの躾にはうるさかった両親も孫には甘い。怖い顔ができるのは母の自分だけだからと、心を鬼にしてやってきたのだ。

松男に算盤《そろばん》を教えたのはおきよだ。

いずれ商家を継ぐのだから、否《いや》が応《おう》にも仕込まねばならない。足し算や引き算を間違えたときには正しい答えを出せるまで、友だちが遊ぼうと呼びにきても行かせなかった。

目上の者への振る舞いや行儀作法もうるさく言った。松男は一人息子で祖父母や奉公人に囲まれて育っている。子どもだから、始終ちやほやされれば自分は偉いと勘違いして、生意気な口を利くこともある。おきよはそういう場面を見つけるたびに叱り、心得違いを諭した。

それがいけなかったのだと思う。

「怖かったのでしょうね、わたしのことが」

「子の躾は親のつとめです」

船頭がそっと口を挟んだ。

「ありがとうございます。でも、やり方が下手《へた》だったのです。わたしは性根《しょうね》がきついので」

親に厳しく育てられたのを手本に、それを松男にも押しつけた。算盤も習字も、できて当たり前。いずれ婿をとり、家を継ぐ総領娘《そうりようむすめ》として躾けられたままに、松男の尻を叩いてきた。

そういうところが冷たいと、おさちに疎《うと》まれてきた。人の気持ちがわからないというのだ。目上の者からすれば物分かりがよく扱いやすいが、目下の者からすると怖い。

そういうところがあるから、昔よく母に言われていたのかもしれない。

おさちには優しくするんですよ。あの子はお前と違って強くないの。困ったときにはお前が助けてやりなさい。姉さんなんだから。弱い者を守るのは上に立つ者の役目です。

母に言われたとおり優しくしてきたつもりだ。おさちが欲しがれば、おもちゃでも菓子でもすぐ譲ってやり、姉妹で鬼ごっこをするときにはわざと捕まり、隠れんぼのときには、襖《ふすま》の向こうに尻が見えていても、気づかない振りで素通りした。遊びのときばかりではない。おさちがいたずらして母の着物を汚したときも、おきよがやったことにした。叱られたら嫌だと、おさちが泣くから。

元彦のこともそうだ。

あの子を許してやってと母に乞《こ》われたから、おきよは許した。こんなことが人に知られたら、損をするのはおきよのほうだと父にも言われた。両親はおさちが元彦に手を出したのを承知で、おきよに我慢を強いたのだ。

本音では、もちろん悔しかった。

親の決めた縁談相手とはいえ、自分の夫となった男を取られたのだから。けれど、そう思うのは、自分の狭量《きょうりょう》さのせいだと考えることにした。おさちが人のものを欲しがるのは悪い癖で、どうしようもないこと。姉ならば許してやらねばなるまいと己へ言い聞かせた。

ずっと物分かりのいい姉娘として生きてきたせいか、おきよには何でも呑み込む癖がある。自分のものを妹に取られても怒れない。腹の中には怒りを抱えているのに、表に出せず内側で蓋《ふた》をする。そういう性分だと自分でも思ってきた。

けれど松男のことは別。

これればかりは譲れない。どうしても手放したくなかった。父や母が何と言おうと渡さない覚悟だった。

松男を育ててきたのは自分なのだ。おさちは乳《ち》飲み子の松男を捨て、男のもとへ走った女である。嘘泣きして、姉に自分の産んだ子を押しつけていったのはどこの誰だ。そんな女に今さら母親面《づら》はさせるものか。

そう思ったのに、やはり松男は実の母のほうがいいらしい。

(おっ母《か》さんなんか嫌いだ)

松男が泣きべそを掻き、おさちにしがみついた姿を思い返すと、胸がすうっと冷たくなる。実の母のつもりでいたのはおきよだけ。渡すも渡さないもない。松男は自分を捨てていったおさちを選んだのだ。

わたしでは駄目だった——。

元彦だけではない。たぶん父や母もおさちのほうが可愛いのだ。真面目で退屈な姉娘より、我が儘で天真爛漫《てんしんらんまん》な妹娘を庇《かば》ってやりたくなるのだろう。それに松男も。この手で育てた我が子まで、おさちがいいと言う。

気がつくと、船頭が遠慮がちにこちらを見ていた。しばらくの間、放心して黙り込んでいたらしい。

「ごめんなさい、ぼんやりして」

おきよは慌てて顔を繕《つくろ》った。

「少し考え事をしていたものですから」

「構いませんよ」

「船頭さんにはご兄弟がいますか」

答えが返ってくるまで、少し間があった。

「姉がおります」

「そう。お姉さんが」

「歳は三つ離れています。今は付き合いが途絶えておりますが、いい姉でしたよ」

姉と弟では、姉妹とまた違うのかもしれない。女同士は面倒だ。近しい仲だと、よけい競《せ》り合いがちになる。

「わたしは妹が苦手なんです。羨《うらや》ましさの裏返しでしょうね、きっと。わたしは堅苦しくてつまらない女ですから。胸のどこかで、妹みたいになれたらと願っていたのかもしれません」

おさちは甘ったれで図々しいが、人に好かれる。建前ばかりのおきよと違って、欲しいものを平気で口にする素直な女だからだ。


「ねえ、松男ちゃん。飴玉《あめだま》あげようか」

家に戻ってきたおさちは何かと松男を構った。歯が悪くなるから駄目と、おきよが禁じていた菓子を食べさせ、ねだられるまま凧《たこ》や独楽《こま》を買い与えた。店の若女将《わかおかみ》として忙しくしているおきよと違い、おさちには暇があった。一日中松男の傍にまとわりついていられた。

「算盤？　そんなの後にして叔母ちゃんと遊びにいきましょうよ。せっかくのいい天気だもの。家で算盤と睨《にら》めっこしているのは勿体《もったい》ないわ」

おさちは子どもを喜ばせる術《すべ》をよく知っていた。

「でも、おっ母さんに怒られるから」

「あらどうして」

「算盤ができないと、店を継いだときに困るって――」

「大丈夫よ。放っておいても、そのうち覚えるから」

ちょっと目を離すと、すぐに甘い言葉をかける。

「本当よ。叔母ちゃんも子どもの頃は苦手だったけど、今はできるもの。その気になれば、すぐに覚えられるわ。それに算盤を使うのは奉公人よ。松男ちゃんは店の主《あるじ》になるんでしょう。そういうことは奉公人に任せておけばいいの」

「そうなの？」

「だって、算盤は奉公人の役目だもの。それを取り上げたら可哀想よ。店の主はね、奉公人に働いてもらわないといけないの。それがお仕事なんだから」

「ふうん」

松男は口やかましいおきよと比べ、おさちは優しいと思ったことだろう。

まったく。勝手なことを――。

二人の話を聞きつけて間に入ると、おさちはとぼけた。

「よけいなことを言わないでちょうだい」

「何も言ってないわよ」

「奉公人がどうとか言ってたでしょう」

「そうだったかしら。わたしは松男ちゃんを褒《ほ》めていただけよ。遊びに誘ったのに、算盤をするって言うんだもの。おっ母さんに怒られるから、って。よく手なずけてるわね」

子どもの前で姉妹喧嘩をするわけにいかず、その場は黙った。松男もおとなしく言いつけにしたがい、算盤の稽古をしていた。騒ぎが起きたのはそれから数日後のこと。

近所の商家の主夫婦が苦情を持ち込んできた。夫の元彦は商用で留守にしており、おきよが一人で話を聞いた。

松男がその家の子を叩いたと言われた。おきよも知っている子どもである。福吉《ふくきち》という、丸々とした男の子だ。父親は後ろに隠れている福吉の背を押し、おきよの目の前に出した。

ほっぺたに小さな掌の痕《あと》がついていた。

「松男がやったの？」

おきよが訊《たず》ねると、父親は眉を吊り上げた。

「お疑いになるのですか。見ればわかるでしょうに。顔についた手の痕は子どものものですよ」

母親も高い声を上げ、顔を赤くした。

家にいた松男を呼び、話を聞いたが、埒《らち》が明かなかった。頑《かたく》なな顔で黙りこくり、首を横に振るばかり。

父親は聞こえよがしなため息をつき、松男を睨《ね》めつけている。

「強情な子ですな。自分がやったのに認めようとしない」

「すみません」

おきよはしゃがんで松男の肩に手を置いた。

「正直に言いなさい。お前がやったの？」

松男は答えなかった。口を一文字に結び、目に涙を溜《た》めていた。その様子を見て、福吉の両親は呆れ顔をした。子どもの喧嘩だから、事情を聞いて、詫びの一言でももらえればいいと思っていたが、これでは困る。こんな子とはもう一緒に遊ばせるわけにいかない。

「謝りなさい」

福吉との間に何があったにせよ、手で叩いたのは確かだ。黙っているのは都合の悪いことがあるからだろうと思った。

「……嫌だ」

松男は小さな声で抗《あらが》った。

「どうして嫌なの。悪いことをしたときには謝るのよ。いつもそう言っているでしょう」

「叩いてないもん」

「じゃあ、誰が叩いたの」

「知らない」

嘘をつくとき、松男には横を向く癖がある。

このときも同じ仕草をした。おきよは福吉の両親に頭を下げ、きちんと叱っておくからと帰ってもらった。二人きりになると、松男は泣き出した。小さくしゃくり上げ、肩をふるわせた。

「泣いても駄目。違うというなら、きちんと事情を話しなさい。黙っていてはわからないでしょう」

おきよは怖い声で叱りつけた。

様子を見る限り、松男は事情を知っている。友だちと喧嘩をすることより、嘘をつくことや、隠し事をすることのほうがいけない。さんざん言い聞かせてきたはずなのに、松男は自分じゃないと意地を張った。

「どうしたの？」

そこへおさちが帰ってきた。

「かわいそうに。おっ母さんに叱られたのね」

猫なで声で言い、松男をかき抱く。福吉の両親が来たことを話すと、おさちは眉を寄せた。

「何それ。ひどい言いがかりだわ」

「言いがかりって――」

相変わらずおさちは甘いと思ったが、そういう気持ちが顔にあらわれたのか、おさちは真顔になった。

「もしかして姉さん、そんな人たちの言うことを信じたの？」

と、詰問《きつもん》してくる。

「だって、松男ちゃんは違うと言っているんでしょう。それなのに自分の子を疑うなんてどうかしてる。とても母親とは思えない」

松男にとってみれば、やっとあらわれた味方だったのだろう。安心したように声を上げて泣き出した。

「見なさいよ。こんなに泣いて。松男ちゃん、おっ母さんに疑われたことが悲しいんだわ」

「事情が知りたいのよ。少なくとも、福吉ちゃんは松男が叩いたと親に言ったんだもの」

「こんな子どもに事情なんてわかるもんですか。——ねえ、松男ちゃん。誰が福吉ちゃんを叩いたのか知ってるの？」

「ううん、知らない」

「ですって」

　おさちは肩をそびやかし、松男を後ろ手に庇うような姿勢を取った。

「これ以上、何が知りたいの？　こんな小さな子を問い詰めて。福吉ちゃんが嘘をついたのよ。松男ちゃんは何も見ていないから話せないのよ」

　松男はおさちの体の後ろで、そっとこちらを窺っている。やはり嘘をついているときの顔だと思ったが、この場では黙っていた。

「子どもの言うことを親が信じなくてどうするの。そんな態度だから、子どもが隠し事をするようになるんだわ」

　おさちは偉そうな口振りでおきよを責め、松男を自分の部屋へ連れていった。

いったいどんな話をしたのか。いつもはおきよと同じ床で寝るのに、その晩、松男はおさちのところから戻ってこなかった。

翌朝のご飯も松男はおさちの部屋で食べた。そんなだらしない真似、おきよなら許しはしないのに。これ幸いとばかりに、おさちが松男を自分の傍へ引き寄せてしまった。

何を吹きこまれたのか、松男はよそよそしくなった。おきよと目が合うと怯《おび》えたように下を向く。

「松男」

廊下を歩いているところを捕まえて声をかけると、くるりと踵《きびす》を返して逃げていってしまう。また福吉のことで叱られると思うのか、怖がって話にならない。

おきよだって松男が叩いたとは思わない。が、何か隠し事をしていることは確かだ。子ども同士では埒の明かないこともあるのだから、親に手助けを求めてほしいと、そう言いたいだけだ。

けれど、おきよのように疑って問い詰めるような真似をすれば、子どもは口を閉ざしてしまう。そういう態度だから子どもに嫌がられるのだという。

「結局、妹が正しかったんです」

福吉を叩いたのは松男ではなかった。もう一人いる近所の仲良しで、奉公人の甥だった。松男は奉公人の身内を庇ったのだ。松男は二人の喧嘩を止めようと割って入っただけ。福吉は自分を叩いた相手の顔をよく見ておらず、やんちゃな松男の名を出した。

松男が黙っていたのは、自分が主の息子だから。いつもおきよが説いていたように、弱い立場の奉公人の側に立ち、その身内を庇ったのだ。

おきよに問い詰められ、松男がどれほど困ったことか。

「やっぱり――育てるだけでは駄目なんでしょうね」

自分の腹を痛めて産まない限り、母親にはなれない。

松男はそれきり、おきよと同じ床では寝なくなった。昼間もおさちの部屋で過ごし、おきよを避けるようになった。誤解したことを謝ろうとすると逃げてしまう。

おきよはすっかり松男に嫌われたのだ。

それをいいことに、おさちが大きな顔をするようになった。何だかんだと松男を連れ出しては物を買い与え、元彦にも馴《な》れ馴れしい態度で振る舞う。

奉公人の中には眉をひそめる者もいた。ことに手代《てだい》の良蔵《りょうぞう》は案じていたようだ。

あれでは若女将のおきよと居候のおさちの立場が逆に見える。きちんと窘《たしな》めたほうがいいと進言してきた。

おきよの身を思って言ってくれるのはありがたかったが、強く出られなかった。おさちが図々しい本性をあらわしてきたことを承知していても、親がそれを許しているのだから。

駄目な妹でも、親は親――。

父や母にもわかっているのだと思う。

おきよとおさちのどちらが母親なのか。同じ家に暮らしながら、松男はちっとも寄りつかない。無理に話をして逃げられ、「おっ母さんなんて嫌いだ」と言われ、おさちの後ろへ隠れる始末。母親になろうと頑張ってきたが、結局本物には敵《かな》わないのだ。

「息子に『叔母ちゃんの子になる』と言われたんです」

習字の稽古に行かせようと、おさちの部屋まで出向いたときだった。色紙を折って遊んでいた松男は、おきよを見るなり頰を引きつらせた。そのとき決めたのだ。松男をおさちに返そうと。

「子どもは正直ですから。わたしが本物の親でないことに気づいたのでしょう」

松男はおさちに懐き、おきよを疎んじた。自分の母親がどちらなのか子どもの勘で探り当てたのだ。家には父親の元彦もいる。ならば出ていくのは自分のほうだ。

「本物の親ですか」

船頭がおきよの言葉を繰り返した。

「ええ。誰だって、本物の親に育てられたほうが幸せでしょ？」

「……」

「わたしはそう思ったんです」

船頭の返事を待たずに、おきよは返した。簡単に決めたわけではない。幾晩も寝ずに悩んだのだ。

「ですから、夫とは離縁することにしました。今は妹と一緒になっています。息子にもわたしから話して、家を出て——一人で暮らしております。わたしがいては、妹夫婦の邪魔になりますし、何より息子が混乱しますから」

そこまで話し、おきよは上を向いた。松男のことを思い出すと、どうにも涙が出てきて困る。

「でも、寂しくて」

おきよは本音を漏らした。

「自分で決めたことなのに、息子がいない毎日が侘《わび》しいんです。隣の家に若夫婦が住んでいて、薄い壁越しに聞こえてくるのですよ。小さな男の子の声が。ちょうど、うちの息子と同じ歳くらいで、似ているんです。笑い声なんか、特に。ですから、家にいるのが辛くなると、こうして出歩いております」

「そうでしたか」

「お恥ずかしいところを見せて失礼いたしました」

「いえ」

船頭はかぶりを振った。

「とはいえ、すぐに引っ越しもできないでしょうね」

「ええ。そんな余裕はとてもありません」

「でも、今日はお一人でいないほうがいいと思いますよ。誰か、気心の知れた方に話を聞いていただいたほうがいい」

「そんな人はおりませんから」

奉公人がいるとはいえ、供がついてくるような大層な家ではない。おきよは一人きりだった。

「そうでしょうか」

「え？」

「振り返ってごらんになるといいですよ」

言われるがまま後ろを見返り、おきよは目を見開いた。

土手沿いの道に海老茶《えびちゃ》色の羽織をまとった男がいた。奉公人の良蔵である。遠目にこちらを眺め、案じ顔をしている。

どうしてここに――。

目が合うと、良蔵は一礼した。いつから、あそこに立っていたのだろう。こんな寒い日に。

「では」

船頭は腰を上げた。

「わたしは行きます。続きはあの方に聞いてもらってください」

4

良蔵は土手沿いの道を下りてきた。

「ともかく温かいものをお腹に入れましょう」

そう言う良蔵の吐く息が白く凍《こご》えている。

枯れ草を踏み分け、土手沿いの坂道を進む。黙って後をついていくうちに、見慣れた飯屋の前に着いた。

「ここです」

藍《あい》染めの暖簾が川風に吹かれ、ぱたぱたと揺れている。白木の看板には『しん』と屋号が記され、醤油と味噌の甘塩っぱい匂いがする。

「小さい店ですが、うまいらしいですね」

戸口の前で良蔵が言った。

「ええ」

おきよはうなずいた。この飯屋ならよく知っている。何度か来たことがあるからだ。

「いらっしゃいませ」

暖簾をくぐって中へ入ると、若女将のおけいが出てきた。おきよを見て、感じのいい笑みを浮かべる。

「お寒い中、ようこそ。さあさあ、火鉢の傍へいらしてくださいな」

いつもながらの温かな声に笑みを返そうとして、大きく息を呑んだ。正面の長《なが》床几《しょうぎ》に子どもが座っていた。

見覚えのある絣の着物に、臙脂《えんじ》色の帯を締めた男の子だ。後ろ姿で誰かわかった。

おきよが近づくと、子どもは振り向いた。こちらを見上げ、目を丸くする。

松男は急いで長床几を下り、駆け寄ってきた。おきよの腰に飛びつき、両腕を回してくる。

「……松男」

「おっ母さん」

「松男」

名を呼ぶだけで胸が一杯になる。

「そうだよ、松男だよ」

腰に顔をつけたまま、松男はくぐもった声で返事をした。細い肩が震えている。

小さな頭を撫でると、懐かしい温《ぬく》みが伝わってきた。掌に、柔らかな子どもの髪の手触りを感じる。

どうしてここにいるのか不思議だが、きっと良蔵が連れてきたに違いない。先月、この店の話をしたのを覚えていたのだろう。おきよが寠《やつ》れているのを案じ、こんな計らいをしたのだと思う。

茶碗を二つ載せた盆を手にしたおけいがやって来た。

「やっぱり、おきよさんのお子さんだったのね」

と、遠慮がちに言う。

「そうだよ」

おきよが答える前に、松男が返事した。太腿《ふともも》につけていた頭を上げ、大きくうなずく。

「お母さんに会いたくて、この店に来たんでしょう」

「うん」

もう一度、松男がうなずいた。鼻が真っ赤だ。口をへの字に曲げ、目に涙を一杯溜めて泣くのを堪《こら》えている。

おけいに促され、松男と並んで長床几へ腰を下ろした。湯気を立てたほうじ茶が出てくる。良蔵は左隣の長床几の隅へ座った。

松男の前には土鍋が置かれていた。

濃い目の鰹出汁《かつおだし》に、大きく切った葱《ねぎ》と鮪《まぐろ》、豆腐。そこへたっぷりの大根おろしを載せたみぞれ鍋は松男の好物だが、子どもが一人で注文するものではない。

「お前が頼んだの？」

どういうことかと思っていると、女将のおしげが話に入ってきた。

「お腹を空かせていたので、ここでお昼を食べていくように、わたしたちが勧めたんです」

「そうでしたか」

「何が好きか訊いたら、『雪だるま鍋』がいいって言うから。これを出したの。どう？　当たったでしょう」

おしげは品のいい顔をほころばせた。

「はい――」

それでさっき、おけいが「やっぱり、おきよさんのお子さんだったのね」と言ったのだと合点《がてん》がいった。

確かに、おきよと松男はみぞれ鍋をそう呼んでいる。

「うちで『雪だるま鍋』を召し上がるのはおきよさんだけだから。きっと、子どもさんだろうと話していたんです。だからね、ほら、おきよさんの好みに合わせて、大根おろしも多めに磨《す》ってもらったんです。ね、平助さん」

しまいのところで首をひねり、おしげは厨へ向かって声を張った。

「おうよ」

ねじり鉢巻きの平助が顔を出した。

「とにかくたくさん磨れって、おしげさんがうるさいからよ。丸々一本使ったんだ。おかげで、もう腕が疲れて」

「大袈裟《おおげさ》な。せいぜい半分でしょうに」

「へへ」

「まったくもう」

おしげが苦笑いすると、平助は頭を掻いた。

「で、おきよさんも雪だるま鍋でいいかい」

「はい」

「そちらさんも同じでいいよな？」

平助に問われると、良蔵は恐縮《きょうしゅく》したふうに顔の前で手を振った。

「いいえ。あたしはお茶をいただきます」

その返事を平助が笑い飛ばした。

「冗談言ってもらっちゃ困るよ。うちは飯屋だ。せっかく来なすったんだ、食べていってくれ」

良蔵は目顔でおけいに許しを求めてきた。

どうぞ——。

目で返すと、良蔵が安心したふうに平助に言う。

「あたしにも同じものをください」

「はいよ」

威勢のいい掛け声を残し、平助が厨へ戻っていく。

小さな子どもにはありがちなことだが、松男は野菜が苦手だ。細かく切っても、ご飯に混ぜ込んでも、呆れるほど器用に箸で取りのぞく。そこでどうにか食べさせたいと知恵を絞って作ったのが——雪だるま鍋だ。

「お待ちどおさま」

程なくして、おけいが土鍋を運んできた。蓋を開けると、ふわりと湯気が立つ。熱々の葱《ねぎ》や鮪《まぐろ》の上に、大根おろしで作った雪だるまが載っている。

「おっ母さんの鍋のほうが大きい」

松男が羨ましそうな声を出した。

「こら、お行儀が悪い」

小声で叱りつつも嬉しかった。この鍋を出してから、松男は大根を喜んで食べるようになったのである。おきよは箸で大根の雪だるまを掬い、分けてやった。

「よかったわね、松男ちゃん」

おしげが微笑んでいる。

「本当に可愛らしいこと。お母さんにそっくりだわ」

「……」

「ちょっとしたときの顔つきや笑い方がおきよさんと瓜二つだもの。お行儀もよくて。大事に育てていらしたのね」

実の子ではないのだと思ったが、黙っていた。そんなことを言っても、おしげが返事に困るだけだ。

「いただきます」

おきよは両手を合わせてから、箸を取った。

透きとおった飴色の出汁《だし》が馥郁《ふくいく》と煮立っている。まずは葱から。嚙《か》みしめると、口の中でシャクシャク言う。平助は火の入れ方が絶妙で、青々とした葱はわずかに歯触りが残っている。焦げ目のついた豆腐は香ばしく、とろりとした鮪は味が濃い。この鍋を食べると、体の芯にぽっと灯《あか》りがともるように温まる。

「おいしいね」

隣で松男が言う。出汁を吸って柔らかくなった大根おろしを頬張り、にこにこと笑っている。

「火傷《やけど》しないよう、ゆっくり食べなさい」

「うん」

素直にうなずくものの、松男の箸は止まらない。おきよは空になった器に豆腐と鮪を取ってやった。

「フウフウしてあげようか」

「大丈夫」

松男は小鳥みたいな小さな口を尖らせ、律儀《りちぎ》に息を吹きかけた。その横顔から目を離せない。

「上手でしょ」

得意そうに言い、おきよを見る。松男も嬉しくてたまらないといった顔をしていた。葱もよけずに食べている。褒めてもらいたいのだ。

ごめんなさいね――。

胸のうちで詫びる。

おきよの目を意識して、健気《けなげ》に振る舞う松男がいじらしかった。家にいたときはもっと頑是《がんぜ》無《な》い子どもだったのだ。おさちがあらわれ、家の中が妙なことになって、この子に気を遣わせている。

まばたきをして涙ぐんでいるのを隠し、顔を上げると、おしげが優しい目で見ていた。さりげなく懐紙《かいし》を差し出してくれる。「ありがとうございます」と小声で言い、そっと目許をぬぐう。

「松男ちゃんのための雪だるまだったのね。いい案だわ。うちも娘にそうして食べさせればよかった。——なんて、とうに手遅れですけど」

軽い皮肉を利かせ、おしげがおけいを見る。

「母さんたら。そんなのずっと昔の話でしょう。わたしも今は野菜を食べられます。お客さんの前で娘の恥を晒《さら》すのは止《よ》してくださいな」

「あら。昨日も大根おろしが辛いと騒いでいたじゃないの」

「母さんがわざと辛くするから」

「ま、人のせいにして」

この店の母娘は仲がいい。たわいない小競《こぜ》り合いが耳に優しく、胸がほのぼのとする。

おけいは三十半ば過ぎ、おしげは五十半ばだと思うのだが、二人とも肌つやがよく若々しい。おけいはふっくらとした体つきと、色白の頬に浮かぶ笑窪《えくぼ》が柔らかい印象で、母親のおしげのほうは美人だ。若い頃はさぞかし評判だったに違いないと、見るたびに思う。

「だから、大根おろしは頭から磨れと言ったのによ」

また厨から平助が顔を出した。

「大根は葉のついているほうが、水気があって甘いんだ。尻尾《しっぽ》のほうは辛味が溜まってる。ちゃんと教えても、このお二人さんは右から左へ聞き流しちまうんだよな」

ひとしきりぼやいて、厨へ引っ込む。

朝餉《あさげ》の納豆に混ぜるために大根をおろしたのだという。昼と夜はこの店で平助が賄《まかな》いを作ってくれるけれど、朝だけは二人で摂《と》る。今日はおしげが大根を磨ったのだそうだ。

「年寄りのくせに耳がいいんだから」

おしげが澄まし顔で言った。

「葉っぱのついているほうを使ったほうがいいのはわかっていたのですけれどね。ちょうど余っていたものだから。別にいいのよ、わたしは辛党だから」

「いつもこうなんです」

おけいがおっとり笑う。

「わたしが磨ると言っても待たなくて、勝手にやっちゃうんですよ」

「お前に任せていたら、朝の仕込みに間に合わないもの」

この店にいると、おきよは昔のように笑える。食事をしている間、おしげとおけいが楽しげな話を聞かせてくれるからだ。訳ありの女と察しているせいか、身の上を探られることもないのが楽で、お金もないのに、つい足が向いてしまう。

家を出ると告げたとき、父や母は心配した。

妹に甘い両親も追い出されるような形で引っ越すおきよを、さすがに哀れに思ったのだろう。近所に家を用意しようかと言われたが断った。おさちに松男を託すと決めたのはおきよだ。自分のせいで家に迷惑をかけるわけにはいかない。

橋場《はしば》の渡し場へ越してきたのは、寂しい場所だったからだ。

近くに千住《せんじゅ》大橋があるから、立ち寄る旅人はそう多くない。道を歩いていても、話し声より波音のほうが耳につく。そういう場所だから、落ち着くだろうと思った。

女の一人暮らしは珍しいが、旅人が行き交う渡し場なら、誰かの目に留まることもない。

子どもの頃から貯めていた金で部屋を借り、内職で針仕事をしながら食べている。

家にいた頃とは違い、つましい暮らしだ。年中同じものを着ているうちに膝が擦《す》り切れたが、新しいものを買う金もない。

良蔵が訪ねてくるようになったのは、越して三月ほど経ってから。月に一度、長屋にあらわれ、金を差し出してくる。

「ご両親からです」

物心ついたときから良蔵は家にいた。子どもの頃は歳の離れた兄さんのように、おきよとおさちの面倒を見てくれていた。いずれ番頭にするつもりで、父がことに大事にしている奉公人である。

「気持ちだけ、ありがたくいただきます」

家を出たおきよは外の者だ。親の金を使うわけにはいかない。その分は松男に回してくれるよう頼むと、良蔵は帰っていく。が、障子戸の桟《さん》に小銭がそっと置かれている。

慌てて表へ出ると、もう良蔵の姿はない。あの金もおきよの親が持たせてくれたものなのか。翌月あらわれたときに訊いても、何も知らないと首を横へ振る。返す相手のない小銭を貯めているおかげで、おきよはどうにか安心して暮らしていた。

冬の初めのある日。仕立物を届けにいった帰りに、『しん』を知った。

みぞれに降られ、急ぎ足に歩いているところへ声をかけられたのである。

「傘はお持ちですか」

暖簾を手に出てきたおけいは、おきよが袖《そで》で頭を隠しながら歩いているのを見て、蛇《じゃ》の目《め》傘を貸してくれた。

「古いものですけれど、よかったら」

確かに年季《ねんき》の入った傘だった。が、作りはしっかりとして手入れもされていた。家の売り物にしているものよりずっと上等な傘だ。礼を言って借り、返しにいったときに店へ入った。

古びた外観とは裏腹に、中は清潔にととのえられていた。おしげとおけいの母娘でやっており、料理を作っているのが平助。三人の睦まじい姿を見たら、つい長居したくなったのである。

「食事をしていってもいいですか」

ちょうど内職で得た金が懐《ふところ》にあり、贅沢《ぜいたく》だと思いつつ、そう言っていた。

「嬉しいこと。でも、傘のお礼のつもりだったらいいんですよ」

おしげは上品な老婦人だ。話し方や仕草が優雅で、硬い生地の木綿を着ていても裾捌《さば》きも滑らか。おけいのおっとりとした雰囲気といい、おそらく二人はいい家の出なのだろう。何か事情があって、こんな——と言っては語弊《ごへい》があるが、寂しい渡し場で飯屋を営んでいるのだ。

その日も火鉢の傍に座らせてもらい、熱いほうじ茶をいただいた。外ではみぞれが降っているのに、店の中は火の匂いがして暖かかった。

こんな日は鍋だろう。

そう思ったとき、頭に松男の顔が浮かんだ。

「みぞれ鍋はありますか」

「ございますよ」

「できれば、大根おろしを丸く握って、二つ縦に並べていただきたいんです。雪だるまみたいに」

それ以来、松男が恋しくなると『しん』へ来た。

元気にしているだろうか。ちゃんと可愛がってもらえているといいけど。雪だるま鍋を食べながら松男を思い、いつまでも息災《そくさい》でいるよう願った。

家を出たのは半年前。秋も深まった頃だ。ずいぶん昔のことのように思う。でも半年。それしか経っていないのに耐えられなくなった。こうして松男が会いにきてしまったら、もう辛抱できそうにない。

返してくれと言ったら、おさちは泣くだろう。両親も頭を抱えるはずだ。姉娘と妹娘、それから婿との間に挟まれ、苦しむ羽目になる。

おきよは飴色の出汁を掬って口に含んだ。甘辛いつゆを吸った大根おろしが舌の上でほろほろと溶ける。

気がつくと、松男がこちらを見ていた。

「辛《から》いの？」

心配そうに眉を曇らせている。

「辛くないわよ」

「でも、泣いてるよ。おっ母さん」

言われて頬を触ったら、濡れていた。松男は箸を置き、ぴたりと身を寄せてきた。手を伸ばし、おきよの頭をぽんぽんと叩こうとする。お腹が痛いときや、転んで膝を擦りむいて泣いていた松男にしてやったのと同じことを、おきよにしてくれようというのだ。

「こうすると、辛いの飛んでくよ」

松男は大真面目な顔で懸命に手を伸ばした。ぽんぽん、と口で言いながら、おきよを慰めようとする。

「本当にいい子ね、お母さん思いで」

おしげが感に堪《た》えたような面持ちで言った。心なしか目が潤んでいるようだ。

鍋を食べおわる頃、平助が出てきて残りの出汁でおじやを作った。これもまた、松男の好物だ。葱や鮪の味の染み込んだご飯がふつふつしたところへ、卵を割り入れ、ふんわりかき混ぜ、刻み海苔《のり》を散らす。

「さあ、召し上がれ」

おけいがよそった卵おじやを松男は二杯もお代わりした。

「おいしいね、おっ母さん」

顎にご飯粒をくっつけ、松男は笑った。その顔を見ると胸が詰まり、涙がにじんできて困った。

5

店を出るときには雪になっていた。鉛色の空から花びらのような綿雪が降ってくる。

その日も傘を持っていなかったおきよは、またおけいに蛇の目傘を貸してもらった。

「次は松男ちゃんも一緒にいらしてくださいな」

「ぜひ、そうしてちょうだい。可愛いお客さんは大歓迎ですよ」

おしげも敷居際まで見送りに来て言う。おきよは曖昧《あいまい》にうなずいた。

良蔵がおけいから傘を受けとった。松男を背負ったおきよに差しかけ、おしげとおけいに黙礼する。

転ばないよう足下を見ながら、ゆっくり歩く。

「替わりますよ」

「平気です」

「でも重いでしょうから」

おきよはかぶりを振った。

みぞれ鍋で満腹になった松男は眠っていた。確かに家を出る前より目方が増えたようだが、この重さが嬉しい。おきよの首にぺたりと頭をつけ、全身を預けてくる松男を背負っていると、しみじみ幸せを感じる。

雪は音もなく降りつづいている。一歩進むたび下駄の歯がキュッと鳴り、口から白い息が出た。良蔵はおきよを傘で守りつつ、渡し場のほうへ向かおうとした。

足を止めると、こちらを見る。

おきよの出てきた家は、舟に乗って向こう岸を渡った先にある。良蔵はこのまま家へ帰ろうと言いたいのだろう。

「旦那さんと女将さんがお待ちになっています」

「戻る気はありません」

「坊ちゃんと一緒に帰りましょう。あたしが旦那さんにお話ししますから。だいぶ前から、お二人とも若女将のことを心配なさっておいでですよ」

「もう若女将じゃないわ。わたしは家を出た身です」

良蔵がおきよを思い、家へ連れていこうとしている気持ちはわかる。が、今さら戻っても居場所はない。あの家で厄介伯母として生きていくつもりはない。

「じゃあ、坊ちゃんだけ家へ帰しますか」

松男は実家の跡取り息子である。『しん』で再会できたことには感激したが、このまま連れ去るわけにはいかない。実家には父親の元彦と、産みの母のおさちがいるのだ。良蔵へ託して実家へ戻すのが穏当《おんとう》だ。それはおきよも承知している。

おきよが実家を出てからというもの、松男は塞《ふさ》ぎ込むようになったという。家の者が話しかけても返事をせず、夜になると泣く。さらにおねしょの癖まで出てきたのを案じ、良蔵が今日の再会を図った。『しん』へ連れてきたのは、おきよの家を知らせないための策。知れば次から松男は一人で訪ねて行くに違いないと、敢えて外で会わせることにしたのだそうだ。

かわいそうに——。

「おさちはいったい何をしているの」

実の母親がついていながら、何という体《てい》たらくだ。

「近頃では、もう匙を投げているように見えます。坊ちゃんが若女将を恋しがってばかりいなさるので」

「本物の母親が同じ家にいるじゃないの」

「坊ちゃんの母親は若女将です」

「でも、わたしはこの子に嫌がられているんですよ。いつも叱ってばかりいるから」

「そんなわけありませんよ。若女将は坊ちゃんにとって、この世にたった一人の母親なんです」

良蔵がきっぱりと言う。

「いっとき坊ちゃんの態度がおかしかったのは、おさちお嬢さんに嘘を吹きこまれていたからです」

「どういうこと」

初耳だった。

おさちは松男に、おきよは夫との不仲に悩んでおり、子どもさえいなければ離縁できるのにと嘆いていると話したのだそうだ。松男はそれを聞き、自分のせいでおきよが離縁できずに苦しんでいると思い詰めた。

松男がおきよを避けるようになった裏にそういう話が絡んでいたと聞き、こめかみが怒りで膨《ふく》らむ思いがした。小さな子ども相手に残酷な真似をして。松男にそんな嘘をつくなど、とんでもない話だ。

「坊っちゃんはおっ母さんが大好きなんです。自分が寂しいのを堪え、離縁させてやろうとしたくらいに。でも、いざ本当にいなくなってみたら、寂しくて、辛くて堪《たま》らなくなったのでしょう。とても見ていられなくて、こうしてお連れしたのです。奉公人の分際《ぶんざい》で出過ぎた真似をして申し訳ありません」

おきよは目をぎゅっと瞑《つむ》った。腹立たしいやら、申し訳ないやら。いくつもの思いが渦巻いた。

ほんの六つの子が母親のために、そんな芝居をしたとは。我が子の優しさを知り、おきよは己の愚かさを悔いた。松男を悲しい目に遭わせたのは自分のせい。産んでいないからと下手に遠慮したから、おさちを増長させたのだ。

うーん、と背中で松男が言った。

「あ、雪だ」

無邪気な声を上げ、片方の手で首にしがみついたまま、反対の手を伸ばして雪を摑もうとする。松男はおきよの背から下りた。

「帰るの？」

血色のいい頰を光らせ、おきよと良蔵を交互に見て訊ねる。

「そうよ、帰るの」

「よかった。おっ母さん、家に帰ってくるんだね」

松男は嬉々《きき》としてはしゃぎ、おきよの手に摑まった。

「お祖父《じい》ちゃんとお祖母《ばあ》ちゃんのいる家に帰るんじゃないわ」

「だったら、どこに帰るの」

途端に松男が不安そうな顔になる。

おきよは松男の目線に合わせ、腰を屈《かが》めた。つないだ手をほどき、真剣な面持ちとなった。

「おっ母さんは自分の家に帰ります。この近くの長屋に住んでいるの。そこがおっ母さんの家なの」

「ふうん……」

松男は話のなりゆきを探るように瞳を揺らした。

実家へ帰らせるのが穏当だと承知で、おきよは訊いた。

「ねえ、お前はこの先どっちの家で暮らしたい？　お祖父《じい》ちゃんやお祖母《ばあ》ちゃんのいる今までの家と、おっ母さんの家」

「おっ母さんの家」

勢い込んで松男が答える。

「よく考えなさい。今までの家と違っておっ母さんの家は狭いのよ。おっ父《と》さんやおさち叔母さんもいない」

「いなくていいよ」

「……」

「おっ母さんの家に行く」

松男は屈んでいるおきよの首にしがみついてきた。

「本当にいいの？　前みたいな暮らしができなくなるのよ。お菓子もおもちゃも、めったに買ってあげられない」

「いいってば」

「お祖父ちゃんやお祖母ちゃん、おっ父さんも寂しがるわ。おさち叔母さんは泣くかもしれない」

「いいって言ってるのに。おっ母さんの意地悪」

松男は泣き出した。顔を歪《ゆが》め、おきよの胸に頭を押しつけてくる。たちまち半襟《はんえり》に涙が染み込む。

「わかった」

おきよは松男を抱きしめた。

「これからはおっ母さんと二人で暮らしましょう」

「うん」

松男が涙で濡れた顔を上げ、にっこり笑った。

おきよが腰を上げると、また手に摑まってくる。もう離すまいと、ぎゅっと力を入れるのがいじらしい。おきよは松男の手を握り返した。

「そういうことですから――」

良蔵に向き直って言う。

「松男はわたしが育てます。家に戻って伝えてもらえますか。後できちんと話をしに行きます」

もう誰にも渡すまい。松男はおきよの子だ。この手で育ててみせる。

「はい」

反対するかと思ったが、良蔵はおきよの考えを了承した。

「送りましょう」

低い声でささやき、良蔵はあらためておきよに傘を差しかけた。松男を間に挟み、ゆっくり家まで歩いた。良蔵は自分の肩がぬれるのも構わず、おきよと松男を守るように傘を斜めに傾ける。

これで最後になる。家までの道を歩きながら、おきよは思った。傘を返しに来てくれたときに顔を合わせたとしても、それきりだ。これからは松男と二人で生きていく。実家の奉公人の良蔵とは縁が切れる。

「じゃあ、これで」

家まではあっという間だった。

「はい」

まだ雪は降っている。おきよは傘を閉じ、こちらへ差し出してきた良蔵の手をやんわりと押し返した。

「差していくといいわ。お世話をかけるけれど、手が空いたときに返しにきてくれるかしら。もしわたしが留守にしていたら、置いていってください」

「わかりました」

良蔵がうなずくのを見て、おきよは戸に手をかけた。ふと寂しさに胸を刺されたのを振り切るように家の中へ入る。

「あの」

すぐに良蔵の声が追いかけてきた。

「傘は明日にも返しにまいります。そのときに、あたしの荷物も一緒に持ってきてよろしいですか」

おきよは土間で足を止めた。どういう意味だろう。

「まずは坊ちゃんを中へ」

まだ眠そうな顔をしている松男を見て、良蔵が言った。

「失礼します」

中へ入ってきて、手早く火鉢の灰を掻き起こす。良蔵は松男の草履《ぞうり》を脱がせてやり、布団を敷いて寝かせた。それから、まだ土間に突っ立っているおきよのもとへ来て、話を続けた。

「あたしも昨日、暇をいただいたんです」

「辞めたの？」

「はい。坊ちゃんを『しん』へ連れていくときに、きっとこうなると思っておりましたから」

おきよは驚き、二の句が継げなかった。良蔵は子どもの頃から家で奉公していたのである。まさか辞めるとは夢にも思わなかった。

「ですから、あたしにも戻るところがありません」

なのに良蔵は平気な顔をしている。

「押しかける形になって恐縮ですが、あたしもこの家で暮らしていいでしょうか」

「……」

ふと込み上げるものがあり、おきよは後ろを向いた。土間の向こうに降りしきる雪が見えた。空は暗いはずなのに、戸の外は舞い散る白い雪でほのかに明るい。

「一緒に松男ちゃんを育てたいんです」

「贅沢はできませんよ」

おきよが念を押すと、律儀な声が返ってきた。

「心得ております」

良蔵が土間へ下りてきて戸を閉めると、風の音が止んだ。代わりに、火鉢の炭がぱちぱち音を立てる。いつまでも土間に立ち尽くすおきよの背を、そっと良蔵が押した。

＊

同じ頃、おけいは八年前に手放した息子の佐太郎《さたろう》を思い出していた。夫と離縁するとき、泣く泣く婚家に置いてきた。あのとき佐太郎は五つ。さっきまで店にいた松男と変わらない年だった。

「また来てくれるかしらね」

土鍋を厨へ下げると、おしげが話しかけてきた。

「松男ちゃんのこと？」

「ええ」

おしげも松男を見て佐太郎を思い出したようだった。ちょうど似たような背格好の男の子があらわれたのだから当然だ。おけいの離縁を機に、おしげもまた孫息子との縁を絶たれたのである。

「しばらく足が遠のくと思うわ。次からは、おきよさんが自分で松男ちゃんに雪だるま鍋を作るでしょうから」

「そうねえ」

「おきよさんに会えないのは寂しいけれど、うちに来るより、そのほうが幸せですよ。松男ちゃんの様子を見たでしょう。おきよさんがあらわれた途端、ぱあっと笑顔になって、飛びついていったじゃない」

「嬉しかったのよ」

あの姿を見たとき、おけいは胸が痛くなった。

あんなふうに佐太郎と再会することを、ずっと夢見ている。

八年前。おけいが荷物をまとめて婚家を出たとき、五つだった佐太郎は裸足《はだし》で追いかけてきた。

(行かないで、おっ母さん)

あのときの声を今も忘れられない。

おけいは十九のとき、商売仲間の飛脚《ひきゃく》問屋『信濃屋《しなのや》』の長男に嫁いだ。佐太郎は別れた夫、仙太郎《せんたろう》との間に生まれた一粒種。まさか生き別れることになろうとは。

八年経った今も、いまだ信じられない気がしている。

今でこそ店に立ち、お客に笑顔を向けているが、佐太郎を手放した後、おけいは泣いてばかりいた。

それはおしげも同じだったろう。おしげも息子と生き別れになった母親だ。

おけいの生家は瀬戸物町《せとものちょう》の飛脚問屋『藤吉屋《ふじよし》』である。亡き父の善左衛門《ぜんざえもん》が一代で起こした店で、よく流行《はや》っていた。おしげは界隈《かいわい》でも評判の美人女将。商売の才のある夫を持ち、一男一女に恵まれた幸せな女房だった。

新吉《しんきち》。

おけいの三つ下の弟が起こした不祥事がもとで、『藤吉屋』は潰《つぶ》れ、おしげは大事な息子を失った。おけいも離縁となり、行き場をなくした母と娘の二人で橋場の渡しへ流れてきた。

新吉は天明《てんめい》四年（一七八四）の冬に江戸《えど》十里四方払いの裁定を下され、奥州《おうしゅう》へ向かった。

今はどこでどうしているのか。八年前のことだから、もう江戸四方払いも解けて、戻ってきているのかもしれないが、新吉は行方知れずのままである。

生きているなら三十三。店の屋号の『しん』は新吉の名からつけた。おしげは今も新吉の帰りを待っている。橋場の渡しに店を構えたのも、いずれ奥州から戻ってくる新吉と会えるようにとの願掛けからだった。

あれから八年。

おけいは相変わらず佐太郎の姿を目の裏に浮かべ、いつか会える日が来るよう祈り続けているけれど、佐太郎はどうだろう。風の噂で、別れた夫の仙太郎が後妻をもらったことをおけいは知っていた。

佐太郎は十三。

おけいがあの子と過ごしたのは五年。その倍以上のときが流れた。今もおけいの顔を覚えていてくれるだろうか。新しい母に懐き、産みの母のことは忘れてしまったかもしれない。

我が子がここまで訪ねてきたおきよが羨ましかった。松男の家も何か事情があるのだろう。おきよは常に一人で『しん』に来ていた。雪だるま鍋を食べる様子を見て、もしや子どもを亡くしたのではないかと考えたこともある。

が、松男は訪ねてきた。おきよと一緒にやって来た良蔵が二人を会わせてやったのだと思う。あの後、おきよと松男はどこへ行ったのか。親子が共に暮らせるようになるといい。

そう思う反面、やはり寂しい。おけいのところには、佐太郎は会いにこないから。比べても仕方ないと承知で、離れて暮らす佐太郎の胸のうちを推し量ってしまう。大人にとってあっという間でも、子どもの八年は長い。頑是無い子どもだった佐太郎はどんな子になったろうか。おけいを恋しがって泣き暮らしているようでは不憫《ふびん》だが、すっかり忘れられていたら切ない。少しは覚えていてほしいと思うのは、親の身勝手だろうか。

「お前。また昔のことを考えているんでしょう」

呆れ顔のおしげに声をかけられ、我に返った。

「しっかりなさい。愚痴なら店が閉まった後に聞いてあげるから」

気がつくと、洗い物は済んでいた。ぼんやりしているおけいの代わりにおしげが片付けたようだ。

「そんなことを言って。母さん、わたしが喋り出すと、いつも話を取っちゃうじゃないの」

「そうかしら」

「そうよ。肩が痛いだの、腰が痛いだの――」

「仕方ないじゃないの。今だって重い土鍋を洗ったんだもの。後で肩を揉《も》んでもらおうかしら」

「はいはい」

おしげと話しているうち、口許《くちもと》がほころんでいた。

辛い気持ちは今もある。何年経っても、息子を失った悲しみが癒《い》える日は来ないのかもしれないと、半ば覚悟も決めている。

厨の格子窓の向こうに綿雪が見える。風に舞う雪は白い花びらのようだ。ほの暗い空をわずかに明るませているのに、眺めていると寂しくなる。

八年前、おけいの幸せな日々は終わった。これからも胸に憂いを抱えて生きていくのだろう。笑っていても、ふとした弾みで悲しい思いに足を取られ立ち止まる。そんな日々を過ごすはずだ。そしてきっと、そういう人は少なくないのだと、おけいは思った。

第二話　旅の終わり

1

戸が開いたとき、おけいは空いた皿を片付けていた。

天気がいいせいか、今日はお客の入りがいい。暖簾を出してから昼を過ぎるまでずっと店は混み合っていた。その人があらわれたのは、ようやくお客が捌け、店に静けさが戻ったときだった。

「いらっしゃいませ――」

挨拶の声が途中ですぼんだ。目を大きく開いて、思わずまじまじとその人の顔を見つめる。

入ってきたお客は背の高い若者だった。旅姿をして、手に菅笠《すげがさ》を抱えている。

若者はおけいと目が合うと、口許をほころばせた。

「どうも」

「あ、あら」

我ながら妙な返事をしたものだと、おけいは顔を赤らめた。一瞬見た感じでは、よく似ていると思ったが別人だった。店の外が眩《まぶ》しい日差しに溢《あふ》れていたせいかもしれない。

若者は初めて見る男だった。背格好は弟の新吉と似ているがそれだけだ。おけいは落ち着きを取りもどし、若者を長床几へ案内した。お茶を淹《い》れようと厨へ向かうと、母親のおしげが真顔でこちらを見ていた。おそらく同じことをかんがえていたのだろう。おけいの目に気づいて苦笑いする。

「驚いたわね」

と耳打ちし、手で胸をなでさする。

「ええ」

「でも、よく見ると全然似てないじゃないの」

「似ているのは背格好だけね」

「あの子はもっと背丈がありましたよ」

「そうだったかしら」

「そうですとも。肩幅だってあの子のほうが広かった」

小声で話していると、平助が耳聡《ざと》く聞きつけた。

「うん？　何の話だい」

耳に手を当て、間に割って入ってくる。

「何でもありませんよ」

「おや。内緒話かね」

「そんなんじゃありませんよ。ただの女同士のお喋りです。ねえ、おけい」

「はい」

それでも平助は疑り深い顔をしていた。おけいとおしげを交互に見遣り、物問いたげに口を尖らせている。

「ただのお喋りねえ」

「ええ、ちょっとした四方山話《よもやまばなし》」

おしげは澄まし顔で言い、一人分のほうじ茶を淹れた。

「ふん。もうちょっと気の利いた嘘をついたらどうだね」

平助は鼻を鳴らした。

怒らせたかしらと慌てたが、平助はこう続けた。

「ま、困り事でなければいいけどよ。お二人とも妙に深刻な顔をしていなさるから。てっきり厄介事が持ち上がったのかと思ったぜ」

おけいはおしげと顔を見合わせた。平助は眉根を寄せ、いつになく神妙な面持ちをしている。

「心配してくださったのね、嬉しいこと」

おしげが笑顔を向けると、平助はかぶりを振った。

「いや、いいんだ。よけいなお節介《せっかい》だった。忘れてくれ」

ぱっと離れ、背を向ける。

不機嫌そうにも見えるが、おそらく照れているのだ。平助はおけいとおしげが真昼の幽霊でも見たような顔をしていたから、黙っていられずに嘴《くちばし》を挟んできたのだろう。ぶっきらぼうながら、意外と人のことをよく見ている平助らしい心遣いだ。

気を遣わせてしまったと思いつつ、背を向けてくれて助かった。人違いとわかった今もまだ鼓動が乱れている。きっと顔もこわばっているはず。

ああ、驚いた――。

胸のうちでつぶやく。似た男があらわれただけでこれほど動揺するとは、常日頃より新吉のことが頭にある証《あかし》。

おけいは若者へほうじ茶を運んでいった。

「お熱いので、気をつけて飲んでくださいね」

「へい」

若者はうなずき、おけいが茶碗を置く前から手を伸ばした。一瞬、指先が触れた。慌てて手を引いたものだから、危うく茶碗が倒れそうになった。

「あいすみません」

おけいが詫びると、若者はこちらを見上げた。

「いえ」

かぶりを振り、にこりとする。唇の間から、男にしては小さな粒の揃った歯が覗《のぞ》いた。房楊枝《ふさようじ》で念を入れて磨いているのが一目でわかった。この若者は歯を自慢にしているのだ。

そう思って眺めると、身なりもどことなく洒落《しゃれ》ている。流行りの着物をわざと着崩し、無造作《むぞうさ》な感じに帯を締めているのも、己の体格に自信があるからか。確かに見栄えはいい。本人もそのことを十分意識していそうだ。

おしげではないが全然違うと、おけいは思った。

新吉は整った顔で上背もあり、娘たちに騒がれてはいたが、それをうるさがっていた。こんなふうに、まともに女の目を覗き込むような真似もしない。新吉は堅かったのだ。

「何を召し上がりますか」

おけいは気を取り直して言った。

「そうだな」

形のいい顎を上げ、若者は壁の献立《こんだて》を眺めた。

その仕草もどこか芝居がかっている。店に入ってきたとき、おけいが驚いた顔をしたものだから、気をよくしているのだと思う。

どんな仕事をしているのだろう。女の扱いには慣れているようだ。お客の身の上を詮索《せんさく》するのは失礼だが、別人とわかってもなお、新吉と似ているというだけで気になる。どこかで一人慎ましく生きているだろう弟の暮らしと重ね、つい詮索がましい目で見てしまう。

「せっかくだから、江戸らしいものが食いたいんだけど」

妙な注文だ。

「しばらく江戸を離れられるのですか」

「ええ、まあ。しばらくというか、奥州にね」

若者は持って回った言い方をした。

「奥州ですか。遠いですね」

「そりゃあ遠いですよ。男の足でも何日もかかる」

道程を知っている者の口振りだ。

「これまでも行かれたことがあるのですか」

「故郷なんです」

なるほど、それで実感のこもった言い方をするのか。

若者の着物の裾から脚絆《きゃはん》が覗いているのも納得である。足も草鞋《わらじ》がけで、長旅に備えたなりをしている。

「いいところだそうですね、山が綺麗《きれい》で」

「ま、景色はいいですが、寒くて大変ですよ。こちらとは桁《けた》違いの雪が降りますしね。こっちの人が行ったら驚きますよ」

奥州の冬が辛いらしいのはおけいも知っている。雪もそうだが、風も強いのだとか。新吉が江戸十里四方払いになったときも、大丈夫だろうかと、おしげはずいぶん心配していた。

「今も積もっているのかしら」

「それはもう。山も里も真っ白ですよ。今でも毎日雪が降っているでしょうから。江戸で桜が咲く頃になっても、奥州はまだ雪に埋もれていますよ」

やはり奥州の冬は厳しいのだ。こちらでは梅の蕾《つぼみ》もほころびはじめ、朝晩は冷えても昼間は明るい陽が差すこともあるというのに。

「でもまあ、毎年のことだから。そこで生まれ育った者にとっては慣れっこですよ。冬が厳しい分、春を迎える喜びも大きいと思えば、雪が多いのもそう悪いことではありません」

若者は鼻の下をこすってから、自分の気を引き立てるように話を変えた。

「俺ね、もう江戸には戻ってこないつもりなんです」

あっさりとした口振りで言い、笑みを浮かべる。口許はほころんでいるのに目の色には暗い色が滲《にじ》んでいた。

「部屋も引き払ってきました。早い話、都落《みやこ》ちなんです」

「……」

「――なんて。ま、それは冗談ですけど。俺もそろそろいい歳なんで。いつまでも江戸で遊んでいないで、帰ってくるよう親に言われたんです」

それで江戸らしいものを食べたいのか。

おけいはあらためて若者の顔を見返した。弟の新吉は三つ下の三十三だが、それより四つか五つ若そうだ。ひょっとすると、もっと年下かもしれない。新吉を思い出すのは、姿形が似ていて、江戸を出たときのあの子と同じくらいの年格好だからだろう。

「そう、親御さんが」

「母親が寂しがっているみたいで。父親から手紙が来たんです」

「お二人ともお元気なんですね」

「ええ、おかげさまで元気ですよ。二人とも田舎育ちで丈夫だから。俺に畑をやらせるつもりで手ぐすね引いて待ってますよ」

両親の話をすると気取りが消え、素朴そうな地の顔が覗く。江戸では格好つけていても、案外奥州では真面目な孝行息子なのかもしれない。

「向こうにいけば、もう出てこられなくなると思うんです。今まで勝手してきた分、親の目もうるさいですし。それで最後に土産代わりにうまいものを食おうと思って。奥州街道に入る前に」

「何がいいかしら」

当時のことを思い返すと、感傷めいた気持ちが動く。少々軽薄そうではあるけれど、やはりどこか新吉と似ている。

「お勧めはありますか」

奥州へ帰国し、もう江戸へ戻らないという顔にはさっぱりとした諦めの色があらわれている。渡し場で舟に乗り込むとき、新吉もこんなふうだった。あの子も二度と江戸には戻らない覚悟で奥州へ向かったのだ。

新吉に食べさせたいものなら思い浮かぶけれど、と思った。まずは白いご飯だ。あの子は炊き立てのご飯に目がなかった。やや硬めが好みで、そこへいつも卵をかけていた。

老成している割に子ども口だったと、おけいはほろ苦く思い出す。

『しん』がお客に合わせてご飯を炊くのは、誰しも胸に懐かしい味を抱えていると思うから。橋場の渡しに立ち寄る旅人の中には、この若者と同じく江戸を去る者もいる。楽しい旅ばかりではないと知っているおしげが、店を出すときに決めたのだ。

「お客さんがお好きなものがいいですよ」

結局のところ、それに尽きる。これで最後のご飯だというなら、特に。

「献立にないものでも、仰《おっしゃ》ってくだされば作れますので」

「へえ」

「ご飯もお好きなものをお出ししますよ。硬めと柔らかめ、どちらがお好きですか」

「柔らかめだけど――。ひょっとして、今から炊いてくれるんですか」

「うちは、いつもお客さんの好みで炊くんです」

「すごいな、手間が掛かるだけでしょうに」

若者はかぶりを振り、半ば呆れたようにつぶやいた。酔狂《すいきょう》な店だと思っているのか無遠慮な物言いをする。

「でも、食べる側にしたらありがたい話ですよ。独り身だと、面倒でめったに米も炊かないから。ついその辺の屋台で済ませちまう」

そんなことを明け透けに語り、若者は思案する顔になった。注文するものを考えているのだろう。

「稲荷《いなり》寿司」

しばし間を開け、若者は言った。

「俺にとっては夢の食い物なんです」

2

まったく――。

自分たち夫婦は、いつからこんなことになったのだろう。長二《ちょうじ》は話の通じない女房に苛立《いらだ》った。

「ですから本当の話ですよ」

女房のおりきは悪びれもせず、気取った顔をしている。

「浮気を認めるんか」

「ええ。さっきから、そう言ってるでしょ」

落ち着き払っているのが忌々《いまいま》しい。長二が睨んでも、おりきは平気な様子をしている。

三和土《たたき》で草履に足を入れているところを呼び止め、どこへ行くと咎《とが》めたことから険悪となり、話がもつれて浮気の話になった。言い訳をして誤魔化《ごまか》すかと思いきや、おりきは認めたのである。

「お前、自分がいくつかわかってんのか」

「わかってますとも。四十二ですよ」

しゃらりと、おりきは答える。

「そんな大年増《おおどしま》が男遊びをして、みっともないと思わないのか。ええ？」

「別に」

おりきは真顔でかぶりを振る。長二は歯軋《はぎし》りした。こちらが声を荒《あら》らげてもこの調子だから、夫婦喧嘩をする甲斐《かい》がない。端から舐《な》めてかかっているのだ。毎度のことながら癪《しやく》に障《さわ》る。

長二は膝の上で拳を固め、おりきに詰め寄った。

「世間でお前のことを何と呼んでいるか知ってるか？」

「姥桜《うばざくら》でしょ」

おりきはそれがどうしたという目で、長二を見返した。

「大年増なのは本当のことだもの、そんなことで、いちいち目くじら立てたりするもんですか」

「阿呆。恥を掻くのはこっちや」

眉根を寄せ、咎めてもおりきはどこ吹く風。

「放っておきなさいよ。陰口《かげぐち》なんて」

そういうわけにはいかない。通いで炊事や洗濯をしているおくまが、廊下で聞き耳を立てている。これでは長二は近所中の笑いものだ。婿養子の遠慮からこれまでおりきに男ができたのは初めてのことではなかった。おりきがその男と腕を組んで歩いているところを義母が見て、今回ばかりは見逃せない。注進してきたのである。

すらりと背の高い優男《やさおとこ》だと聞いた。

「歌舞伎役者らしいな」

「そうよ。栄吉《えいきち》さん」

「名前など訊いてへん」

「そうね。どうせ知っているでしょうし」

「………」

「あら、図星」

おりきは意地悪な目をした。

九年前。出会った頃のおりきは可愛い女だった。当時、長二は三十。おりきは三つ年上の三十三。しかし、そんな歳には見えなかった。おりきは小柄の童顔で、ともすれば年下と見られることもあった。

顔だけではない。おりきは仕草にも娘じみたところがあった。金持ちの一人娘で、苦労知らずに育ったからだろう。おりきは家が茶屋をしているとは思えないような、どこか野暮《やぼ》ったい女だった。流行《はや》りだという渋い路考茶《ろこうちゃ》の着物が似合わず、縦縞を着てもどういうわけか肥《ふと》って見えた。

むしろ明るい海老茶《えびちゃ》だとか、花を裾模様にあしらったものなど、若作りのほうが似合った。今は萎《しぼ》んだが当時は丸顔で、よく動く黒い目をしたおりきは、小さな狸《たぬき》みたいだった。暑がりで、夏場はよく鼻の下に汗の玉をいくつも浮かべていた。

おりきの父親の卯吉《うきち》がやっている茶屋は、隅田川《すみだがわ》の土手沿い、竹町《たけちょう》の渡し場を見下ろす格好で建っている。名は『石黒屋《いしぐろや》』。近所には他に『藤屋《ふじや》』『松屋《まつや》』と二軒の茶屋が並び、鎬《しのぎ》を削っている。

卯吉は土地持ちで茶屋も道楽の一つ。一応おりきが『石黒屋』の若女将ということになっている。

卯吉はこれまでに妻を三人代えている。今の妻はおちえ。『石黒屋』で芸者をしていた女だ。そのおちえが、長二に栄吉のことを注進してきた。おりきは最初の妻の娘で、おちえより年上。当然、二人は仲が悪く、日頃から『石黒屋』を巡って牽《けん》制《せい》し合っている。

卯吉は二人を仲裁するでもなく面白がってなりゆきを眺めているだけで、おりきは長二と所帯を持って、実家の傍に家を持たせてもらうまで、おちえと一つ屋根の下で角《つの》を突き合わせていたという。

おりきには、長二があらわれるまで婿養子が見つからなかった。

金はあるから養子に入りたいという男はいくらでもいたが、卯吉がその手の男を嫌い、持ち込まれる縁談を片端から断ったという。野心がある男を家に入れ、厄介事を増やすことを避けたかったらしい。

だから長二なのだ。

長二は『石黒屋』の看板には関心がない。おりきに加勢しておちえを追い落とし、卯吉に代わって主になろうとも夢にも思わない。そういう男だからよかったのだ。

おりきと長二は出会ったその年に、夫婦となった。卯吉との間に波風も立てず、おちえとも無難に付き合ってきた。

長二とおりきは卯吉の持ち家の一つを与えられ、『石黒屋』と目と鼻の先のしもた屋に住んでいる。小さな庭のついた家で、子どものいない夫婦には、十分な広さがある。

夫婦になったばかりの頃、おりきは下手ながらも飯を炊き、魚を焼いて、長二に食べさせていた。若女将とはいえ、『石黒屋』の切り盛りは番頭任せで、おりきは家にいたのである。不慣れな手つきで長二の着物を繕い、小さな庭の木や草花に水をやり、晴れた日には縁側で野菜を干したりしていた。

どうもおかしいと思いはじめたのは、いつの頃だったか。

気づけばおりきは絹物をまとい、化粧をして出かけることが増えた。干し野菜も作らなくなった。家のことをする暇がないと言うから、今は暇な長二が米を炊き、掃除洗濯をして、庭木の世話をしている。

長二は手まめな質《たち》である。季節ごとの干し野菜を味噌汁に入れ、ご飯に炊き込んで膳に並べるのも苦にならない。毎日箒《ほうき》と雑巾《ぞうきん》を使って家を隅々まで清め、庭木に水をやって草花を咲かせ、それでも暇を持て余し、おりきの半襟も付け替えてやっている。

忙しくなった表向きの理由は、『石黒屋』の若女将としてのつとめ。

転んで腰を痛めた番頭の手伝いをすると言い、「面倒よねえ」などと、ぼやきながら出ていくようになった。番頭に帳簿の見方を教わっていると話していたときは、「慣れないものだから、頭が痛くなる」とこぼしていたが、「こういうことは芸者出の人では用が足りないから」と、鏡に向かって身支度《みじたく》をするおりきは楽しげだった。

番頭が継母《ままはは》のおちえではなく、自分を頼ってきたのが得意なのだろう。おりきは張りきっていた。番頭について真面目に茶屋の仕事を学び、帳簿の見方を教わっているのだと長二も思っていた。気になったのは、いつまで経っても番頭の腰が治らなかったこと。おりきが嬉々《きき》として出かける姿に不審を感じるようになったのは、三年ほど前だろうか。

どうも白粉《おしろい》が濃過ぎるとは、その頃から思っていたのである。

着付けも変わった。胸元を押し上げ、襟を抜くようになった。前は似合わないと思っていた縦縞模様も、顔が萎《しぼ》んでみえて意外と板についている。四十を過ぎたせいか。あるいは茶屋の若女将に慣れてきたせいか。野暮ったい小狸だったおりきは貫禄が出て、落ち着いた女になった。相変わらず顔は丸いが、もう鼻の下には汗をかかない。

黙っていたのは、婿養子の遠慮があったからだ。

妙な詮索をして、嫉妬《しっと》と勘繰《かんぐ》られるのも癪だった。所帯を持つまでは、熱を上げていたのはおりきのほうで、長二は請われて婿に入った気でいた。しかし、それは思い違いだったのかもしれない。

悔しいことに、いまだ長二はおりきに惚れている。半襟など自分で付けさせればいいものを、つい手を貸してしまう。歯に紅がついていれば教えてやり、自分では見えない後ろ頭の白髪を抜いてやったりもする。

これほど女房思いの亭主がいるものか。

なのに長二を差し置き、おりきはよその男へ会いにいく。

「栄吉だか何だか知らないが、いい加減にせえ」

「今日は浄瑠璃《じようるり》を聞きにいくだけですよ」

「男と一緒に聞きにいくのは止せと言うとるんや」

おりきは返事をしない。

「役者遊びなど素人《しろうと》女には分不相応《ぶんふそうおう》やろ。そういうのは芸者がするもんや」

長二はおりきを怒らせたかった。浮気がばれても平気な顔をしているとは、いくら何でも亭主を馬鹿にしている。

しかし、長二の気持ちは伝わらない。おりきは自分が悪いなど、まるで思ってもいないらしい。

「ふうん。わたしはその芸者を束ねているんですけどね」

こちらが何を言おうと鼻であしらってくる。

「そんなの、形だけや。お前は義父《とう》さんの娘というだけやろ。『石黒屋』の若女将といってもお飾りみたいなもん。店は義父さんのもので、切り盛りしているのは番頭やないか」

「だから何です」

こうなると、悪態をつくのも虚《むな》しい。

「何って、お前――」

「いいじゃないの。役者遊びくらい。お飾りだろうが茶屋の女将だもの、甲斐性のうちでしょ」

この女のどこがいいのだと自分でも思う。

薄笑いを浮かべた顔には年相応の皺も、たるみもある。中年肥りをして腹も出ている。若い男がまともに相手をするはずがないと承知しているのに、おりきが楽しげに出かけていく様を見ると腸《はらわた》が煮え返る。

襟を抜き、縦縞を当たり前に着こなすおりきは、昔とは別の女だった。

昔はもっとおとなしい女で、年下の長二を立てていた。不器用なりに家のこともしていた。女出入りの激しい父親と自分より若い継母のもとで窮屈に暮らしてきたから、自分のような男を選んだのだと思っていたのだが、それは長二の考え違いだったのだろうか。

「いいのは今のうちだけや。面倒なことになる前に別れとけ」

長二は分別《ふんべつ》臭い口調を作って言った。

どう話せば、おりきは元に戻るのだろう。前みたいに夫婦睦まじく暮らしたいだけなのに。茶屋の女将を辞めさせ、長二が仕事につけば、おとなしく家に戻る気になるのか。

歌舞伎役者など、おりきには合わない。

今は粋《いき》がっているが、そのうち捨てられるのは目に見えている。そうなれば恥を掻き、みじめな思いをするのはおりきだ。次の男を見つけても同じことを繰り返すだけ。いい歳なのだから分別を持てと長二は言いたい。自分をおいて、女房のために飯を炊いてやろうなどという男がいるものか。

「言いたいことはそれだけかしら」

また薄笑いだ。この顔をされるたび、長二はうろたえる。おりきが手の届かないところへ行ってしまったようで、腹の底がひやりとする。

「いや、他にもある」

悔しいのは、長二からは出ていけと言えないことだ。おりきもそれを承知で強気に出ているのに違いない。

「何です」

「おちえや」

苦し紛れに、おりきの継母の名を出した。

「あの人は『石黒屋』の看板を狙っているんやからな。お前が遊び歩いている間に、おちえが芸者たちを手なずけて、追い出そうと策を練っているかもしれんぞ」

「もう行きます」

「おい、待て」

長二が肩を摑もうとすると、おりきは身を捩《よじ》った。

「止して。着付けが崩れるじゃないの」

「お前――」

「帰りは遅くなりますから」

まるで話にならない。長二は裸足で三和土に下り、出かけようとするおりきの前に回り込んだ。

両手を広げると、おりきはうんざりした顔をした。目に軽蔑《けいべつ》の色があらわれている。思わず長二はかっとなり、その勢いで大きな声を上げた。

「どこに女房の浮気を許す亭主がおる。こっちにも立場があるんや」

「立場？」

おりきは鼻で笑った。

「いったいどんな立場です。お前さんは亭主といっても、毎日のらりくらり遊んでいるだけでしょ。世間体が悪いのはわたしのほうです」

「お前――」

思わず拳を固めた長二の脇をすり抜け、おりきは出ていった。追いかけようとした鼻先でぴしゃりと戸が閉まり、長二は面食らった。何という無茶をする。危うく顔を挟まれるところだった。怒りでこめかみが熱くなるのを感じ、長二は歯軋りした。

上がり框《かまち》へ足をかけると、おくまが物陰からこちらを見ていた。

「何や」

毒づくと、おくまは何食わぬ顔で奥に引っ込んだ。これでまた物笑いの種が一つ増えた。

おくまはおりきが連れてきた女である。五十年配の後家《ごけ》で、かつて『石黒屋』で下働きをしていたという。長二がいるのに、どうして金を出して手伝いを雇うのか。それがわからない。おくまは働きが悪く、炊事をやらせても下手だった。こんな女より、長二のほうがよほど手際もいい。

もしや家に長二と二人きりでいるのが鬱陶《うっとう》しくて、おくまを雇ったのではないか。

近頃ではそんな邪推もしている。


部屋に戻り、長二は貧乏揺すりをした。

今日もおりきを引き止められなかった。長二を振り切って出ていくときの、後ろ姿が目にちらついて離れない。

あいつ、また肥ったな――。

帯の下の尻が横に広がっていたことを思い出した。首や背中にも肉がついていた。いくら高いものを着ても、あれでは興醒《きょうざ》めだろう。

負け惜しみと承知していても思う。

長二はおりきに強く出られない。婿養子で仕事もしていないせいだ。

所帯を持つとき、芝居小屋の下足番《げそくばん》は辞めた。代わりに舅《しゅうと》の卯吉が店を持たせてくれた。年寄りの主が営んでいた、絵双紙《えぞうし》や戯作《げさく》を扱う小体《こてい》な店を、主が引退して娘夫婦に引き取られるからと、居抜きで買った。

その店を長二は三年で潰してしまった。芝居小屋で働いていたからといって、絵双紙や戯作を売るのに長《た》けているわけではない。長二は自分の気に入ったものだけを集めて店に置き、お客が注文する戯作にケチをつけた。

「あんなもんに金を出すのは勿体《もったい》ない。こちらのほうが面白いですわ」

と勝手な世話を焼き、お客を怒らせた。

以来、家でぶらぶらしている。卯吉が呆れ、次の仕事を世話してくれないからだ。自分で口入《くちい》れ屋へ行き、いくつか職についてみたが長続きしなかった。長二は算盤も使えず、帳簿も見られない。一生懸命だが呑み込みが悪く、そのうち教えてくれる相手が辛抱を切らしてしまう。

そんなことの繰り返しで、今は家にいる。お飾りでも、おりきが『石黒屋』から毎月もらう金で十分食べていけるので、職探しも止めてしまった。

おりきに向ける悪態は、まさに天へ向けて唾を吐くのと同じ。すべて己に返ってくる。今の暮らしが分不相応なことは自分でも承知しているのだ。おりきが長二に苛《いら》つくのも道理。

仕方なしに、長二は文机《ふづくえ》に紙を広げた。おりきが男遊びをするようになってから、古道具屋で求めたものである。

硯《すずり》に水を差し、墨を磨る。

算盤や帳簿はすぐに飽きてしまう長二だが、これは別。

おりきが留守にしている間、長二は戯作を書く。一文《もん》の銭にもならなくても飽きない。

阿呆《あほ》な奴――。

まるで男を見る目がない。栄吉など顔がいいだけ。歌舞伎役者と名乗るのもおこがましい男にうつつを抜かすとは、おりきもとんだ馬鹿者だ。

ま、それもそうやな――。

長二と所帯を持ったくらいだ。おりきに男を見る目のあるはずがない。

出会ったばかりの頃、おりきに書いたものを見せたら、まるで玄人《くろうと》はだしだと感心した。男を見る目は鈍いが、戯作の良し悪しを見定める目は持っている。

玄人はだしとは、つまり素人にしては巧《うま》いということ。

その通り。

長二は戯作者を目指していた者の成れの果て。

倦《う》まずたゆまず書いているのに、ちっとも原稿が売れない。戯作を書きはじめたのは昨日今日の話ではないのに。上方《かみがた》にいた頃から、長二は延々と戯作を書きつづけているのだ。

3

近松加作《ちかまつかさく》。

それが上方にいた頃の長二の筆名である。

今となっては、もう人の口の端に上ることもない古い名だ。そんなものをいつまでも後生《ごしょう》大事にしているのは、長二本人だけだろう。

文机に向かって書き出しても気持ちが収まらなかった。筆を持っても苛々として、最初の文句が決まらない。おりきとの悶着《もんちゃく》が尾を引いているせいだろう。ぼんやりと頬杖を突き、あれこれ考えを巡らしていたら、襖が開いた。

「すみません」

おくまである。

「どうもお腹の具合が悪くて――」

眉尻を下げ、哀れを誘う声音で言い、帯のところをさすっている。

「ほんなら、今日はもうええ。家に帰って温かくしとき」

「そうさせてもらいます」

五十路《いそじ》をいくつか超しているおくまは、始終どこか痛がっている。といっても、医者に掛かっているわけではない。怠け者なのだ。長二の許しを得ると、途端におくまは眉を開いた。さっさと襖を閉め、足早に廊下を去っていく。

これで今日も自分で飯を炊く羽目になりそうだ。どうせおくまは何も用意していないに決まっている。台所へ行くと案の定だった。米を研いだ気配もない。おりきが留守にすると、おくまは決まって手を抜く。いい加減辞めさせたいのだが、雇っているのはおりきで、長二には口を出す資格がない。おくまにもそれがわかっているから、こちらを甘く見ている。

どいつもこいつも、人を小馬鹿にして。

長二は家に一人残され、また嫌なことを思い出した。

何が「栄吉さん」や――。

今日のおりきは常以上にめかし込んでいた。ほのかに光る銀鼠《ぎんねず》の着物に、水色の帯を締めていた。半襟にも同じ色を差し、大年増なりに趣向《しゅこう》を凝《こ》らしていたのは、男の長二にもよくわかった。

銀鼠の着物は前から持っていたものだが、あの帯は初めて目にした。いつ買ったのか、四畳半に置いてあるおりきの桐簞笥《きりたんす》には、新しい衣装が増える一方だ。家では着古しの木綿で通すくせに、栄吉に会うためには装う。のぼせ上がっているのは、それまでのおりきが堅い女だったせいだろう。やはり栄吉が悪い。遊ぶなら相手を選べばいいものを。なにも素人女に手を出すことはない。栄吉は三十手前と聞いている。歌舞伎役者と自分では言っているが、台詞《せりふ》のある役をもらったことはないらしい。

義母のおちえが栄吉のことを知っていたのは、『石黒屋』の客だから。贔屓《ひいき》筋の金貸しに連れられ、何度か来たことがあるという。

奥州から出てきた田舎者だそうだ。姿形がいいだけの大根だというから笑わせる。

「茶屋の女将なら、普通は遊ぶ相手も選ぶものですけれどね」

おちえも嗤《わら》っていた。もうじき三十を迎える歳で芽も出ていないようでは、歌舞伎役者として先が知れている。若女将がそんな男に夢中になっていると世間に知られれば、『石黒屋』の名折れ。高い金を払って遊びに来ている旦那衆が白けてしまう。

「ですからね、どうにかしていただきたいの」

おちえには釘を刺された。芸者の間でも、おりきと栄吉のことが噂になっているそうだ。姥桜の狂い咲き。顔だけの役者くずれに引っ掛かったと、小馬鹿にされている。

それにしても、なぜ栄吉なのか。

どんな男かと、こっそり芝居小屋へ行って、顔を確かめたことがある。にやけた面構えの男だった。なるほど、これは駄目だ。

そもそも三十になるまで粘って駄目なら、先はない。かつて通った道だからわかる。長二も三十で加作の名を捨てた。自分に見切りをつけ、江戸へ出てきた。

栄吉が憎いのは、昔の自分を思い出すからだ。そんな男に女房をくれてやるつもりはない。さっさと役者を辞め、奥州へ帰ってしまえばいい。

九年前。長二は江戸へ逃げてきた。上方で戯作の修業をしていたが芽が出ず、自暴自棄になって故郷を捨てた。勢いで江戸へ出てきたときの心細さといったらもう。今もときおり夢に見るほどだ。

「ふん」

こうなったら、大志を抱いている男がつまらない女に引っ掛かり、泥沼に落ちていく話でも書こうか。弱り目に祟《たた》り目でとことん悪いほうへ転がっていき、しまいには自棄《やけ》を起こす。そんな話なら書ける気がした。

主人公は二十九の男。名は栄吉にしてやろう。

三十路《みそじ》を前にして立とうと野心を抱き、蜘蛛《くも》の網に搦《から》め捕られる。頭には、希望に満ちた顔の男が浮かんでいる。つるりと整った顔をほころばせ、舞台の中央に立っているつもりの栄吉。が、それは錯覚。栄吉はじきに自分がしくじったことに気づく。

栄吉は威風堂々と風を切って花道を歩いてくるが、着物の裾に女郎《じょろう》蜘蛛がしがみついていることに気づかない。

女郎蜘蛛が吐く透明な糸を操り、馬鹿な栄吉は天高く飛んでいく。糸に摑まれば、とんぼ返りもお手の物。栄吉は拍手喝采《かっさい》を浴び、花道を意気揚々《ようよう》と駆け回る。が、所詮それはまやかし。本物の芸ではないことが周囲に知られ、栄吉は失墜《しっつい》する。拍手喝采が嘲笑に変わり、石礫《いしつぶて》を投げられる。這々《ほうほう》の体《てい》で逃げるも、石を持った追っ手は間近に迫ってくる。

必死に逃げる栄吉の尻には、女郎蜘蛛の糸がくっついている。どんなに速く駆けても糸は切れない。栄吉は重い衣装を捨て、町の端まで駆けていく。そこに舫われていた舟に飛び乗り、栄吉は肩で息をつく。やっと逃げられたと思ったのも束の間、気づけば舟の縁から女郎蜘蛛がよじ登ってきて――。

そこまで書いたところで、辺りが薄暗くなっていることに気づいた。

日暮れにはまだ間があるものの、空が曇ってきたようだ。長二は下駄で庭へ出て、おくまが干していった洗濯物を取り込んだ。下帯と一緒に布巾が干してあるのに眉をひそめつつ、ともかく雨が降り出す前に部屋へ入れる。

お茶漬けでも作ろうと台所へ行ったが、おくまが米も研いでいかなかったことを思い出し、舌打ちする。

やむなく長二は外へ出た。

どうせ、おりきは夜まで帰らないのだから、勝手に食べればいい。傘を手にぶらぶら歩くうちに、気づけば芝居小屋の前に来ていた。飯屋へ行くつもりでいたが、足が勝手にいつものほうへ向かっていたようだ。

「ま、ええか」

弁当を買って、中で食べればいい。そう思って幟《のぼり》を見上げ、はっとした。

『伊賀越道中双六《いがごえどうちゅうすごろく》』

一七八三（天明三）年四月、上方の竹本《たけもと》座で初演した浄瑠璃義太夫《ぎだゆう》節《ぶし》である。

やってるんか――。

昔、上方にいたときのことを思い出した今日、この演目の幟を見ようとは。因縁めいた偶然を感じる。

「今日が初日なんですよ」

芝居小屋の男が愛想のいい顔で言った。長二が財布を手に幟を睨んでいるものだから、入るのを迷っていると見えたらしい。

「へえ、そうでっか」

お愛想で返し、財布を開いた。

筋書きも台詞もすべて頭に入っているが、せっかくだから見ていくことにした。ここで引き返したところで、どうにも気になり、明日にもふたたび芝居小屋へ足を運んでくるに決まっている。

二刻半（五時間）の後。

芝居が終わっても、しばらく長二は立てなかった。

「お客さん。もう閉めますので」

芝居小屋の男に肩を叩かれ、ようやく腰を上げた。ふらつく足で外へ出て、幟を振り返る。

芝居小屋へ来たときは昼間だったが、もうすっかり日が暮れている。

空には細い月が出ていた。

長二は白い息を吐いた。座って芝居を見ていただけなのに、長旅を終えたような心地だ。体は江戸にありつつ、心は伊賀上野《いがうえの》にある。目の裏には花道を歩く役者がおり、生き別れた父と子の親子一世の出会いと死にまだ気持ちを摑まれている。

こういう戯作を書きたかったのだ。そのことをあらためて思い出す。

中心となるのは、旅の道中で偶然に出会った呉服屋十兵衛《じゅうべえ》と老人。どうか荷を持たせてくれと頼み込まれたのをきっかけに、二人は仲良く歩き出す。荷持ちの老人は気がいいが、数歩行っては休む衰えよう。正直、自分で持ったほうが楽だと思いつつ、十兵衛は情けから老人を拒めない。

やがて話のなりゆきで、十兵衛と老人は自分たちが実の親子で、しかも仇討《あだう》ちの敵同士と悟る。

血のつながった親子ながら、どうにも裏切れない義理があり、老人は命を捨てる羽目になる。そのときになってようやく、十兵衛と老人は名乗りあい、親子の再会を果たすが、それも束の間。十兵衛は死にゆく父親を後に残し、去っていく。果たして、出会ったのがよかったのか、悪かったのか。

そんなことを思っていたら、横顔に視線を感じた。振り向くと、おりきがこちらを見ていた。

小太りの男と腕を組んでいる。

目が合った途端、すいと逸らされた。袂《たもと》で口許を覆っていたが、目が笑っていた。長二は自分がぽかんと口を開けていたのに気づき、慌てて閉じたが既に遅し。おりきは軽い嘲笑を残し、小太りの男と去っていった。

その晩、おりきは家に帰ってこなかった。

4

稲荷寿司を重箱で出してほしい。小振りの俵形《たわらがた》のものを、ぎゅうぎゅうに詰めてほしい。

若者は照れくさそうに頭を掻いた。

「そんな注文できますかね」

「もちろんです」

おけいが請《う》け合うと、栄吉は白い歯を見せた。

「すみません、お世話をおかけして」

「ご飯はどうなさいます？」

「硬めで。酢と砂糖たっぷりの、味の濃いやつを食いたいです」

「かしこまりました」

店に入ってきたときの気取りが薄れ、若者は思い出したように大きな手で茶碗を摑み、喉を鳴らしてほうじ茶を飲んだ。

「もうぬるいでしょうから、新しいのを淹れますね」

と声をかけると、遠慮のない仕草で茶碗を差し出してくる。

「頼みます」

厨へ行き、ほうじ茶を淹れ替え、平助に稲荷寿司を頼んだ。

「重箱に詰めろって?」

「ええ。そういう注文なの」

「一人客だろ。旅の弁当にでもする気かな」

平助が首を傾げていると、おしげが言った。

「楽屋見舞いでしょう」

「ん?」

「歌舞伎や人形浄瑠璃を見にいくときに、楽屋へ差し入れるお土産のことですよ。稲荷寿司は気軽に食べられるから、喜ばれるの」

「へーえ。さすが、おしげさん。俺は楽屋になど入ったことねえよ」

「お土産にさすがも何もないでしょ」

「あるだろうよ。一番安い席じゃ、楽屋に入れてくれるはずがねえ」

「平助さん。無駄口はいいから、早くご飯を炊いてくださいな。お客さんが待っているじゃないの」

「へいへい」

おしげと軽口を叩き合いながらも、平助はもう支度を始めている。

「稲荷寿司は甘いから、おかずは塩辛いものがいいわね。白菜のお漬け物はどうかしら」

おしげは独りごち、小皿に白菜を載せて店へ運んでいった。おけいも続き、ほうじ茶のお代わりを差し出す。

「さ、どうぞ。稲荷寿司ができるまでのお腹ふさぎに」

「いただきます」

若者は素直に小皿へ箸を出した。

「うまいな」

「いい香りでしょう」

「柚子《ゆず》の皮が入っているんですね」

「ええ。あとは唐辛子を少し入れております」

「酒のつまみにもなりそうですね」

「あいにくうちでは出しませんけれど、勝手場にいる平助が晩酌の供にしておりますよ」

白菜を塩で揉み、柚子と輪切りにした唐辛子を利かせた漬け物は、あっさりとした口当たりでいくらでも入る。お茶漬けにしても、おにぎりに巻いてもおいしい。ことに平助の作る漬け物は塩梅《あんばい》が絶妙で、おけいとおしげも気に入っている。

「うん。ほうじ茶とも合う」

おしげが来た途端、栄吉の口はさらに滑らかになった。おけいだと、こうはいかない。雛《ひな》人形を思わせる澄まし顔で、姿勢正しく、近寄り難い雰囲気だと思うのに、おしげは不思議とお客の気持ちを柔らかくする。

「稲荷寿司がお好きなの？」

「しょっちゅう楽屋で食っていたんですよ」

「楽屋？　あなた、もしかしてお役者さんなの？」

「歌舞伎役者なんです」

若者は誇らしげに胸を張った。

「それで重箱に詰めた稲荷寿司なのね。楽屋見舞いの定番だもの」

「俺もよくもらいましたよ」

「ま、すごい」

おしげが褒めると、若者は満更《まんざら》でもない顔になった。

なるほど、歌舞伎役者か。

ととのった顔をしているわけである。眉もきりりと引き締まり、鼻も高い。さぞかし歌舞伎の化粧が映えそうだ。

「漆《うるし》塗りの重箱にみっちり詰まったのをね。稲荷寿司は片手でひょいとつまめるから、舞台の前に腹へ入れるのに都合がいいんです。贔屓筋からいただいたときは、若い奴らも喜んでましたよ」

「あなたもお若いでしょうに」

「いえ。もう来年で三十です」

若者は苦笑いした。

「一応人気商売なので、老け込まないよう気を遣っていますけどね。親は心配していますよ。もういい加減にして、帰ってこいとしつこいんです」

「奥州のお生まれなんですって」

おけいはそっと口を挟んだ。

「遠いのね。それは親御さんも心配なさるわ」

眉を下げ、おしげはうなずく。

「俺もいい大人なんですけどね」

「いくつになっても、親にとって子は子ですもの。歌舞伎はどうなさるの？　奥州でも続けられるのかしら」

「無理ですよ」

若者はかぶりを振った。

「上方ならともかく奥州ですから。歌舞伎は辞めました。続けようにも稽古する場も相手もいないんじゃ仕方ない」

「残念ね」

「自分で言うのも何ですが、結構人気もあったんですよ。遅咲きだったけど、近頃は破竹《はちく》の勢いで伸びてましたからね」

「どんな演目に出ていらしたの？」

おしげは興味津々の面持ちで訊いた。

「勧進帳《かんじんちょう》」

「ま、團十郎《だんじゅうろう》」

「曾根崎心中《そねざきしんじゅう》に心中天網島《てんのあみじま》にも出たな」

「わたしも心中ものは好きなのよ。お止しなさいよ、と文句を言いながら見るのが楽しくて」

「あとは義経千本桜《よしつねせんぼんざくら》に仮名手本忠臣蔵《かなでほんちゅうしんぐら》とか」

「素敵。名作揃いじゃありませんか。今挙げてくださった演目はどれも見ましたよ。

どんな役をなさったの？　勧進帳をやれるのは市川《いちかわ》家だけでしょう」

「そうですね」

若者はまばたきした。

「でも曾根崎心中では五郎兵衛《ごろべえ》をやりました」

「徳兵衛《とくべえ》かしら」

「え？」

「お初《はつ》と心中した醬油屋の手代は徳兵衛でしょ」

「あ、ああ──。そうだった」

「わたしが初めて曾根崎心中を見たのは九つのときでしたよ。子どもには難しいお話でしたけれど。徳兵衛はせっかく継母から取り返したお金を、どういうつもりか九平次《くへいじ》に渡してしまうでしょう。あれが元で結局は心中に追い込まれるんだもの。しっかりなさいな、と焦れったく思ったものですよ」

「ずいぶん詳しいですね」

「親に連れられて、何度か見にいきましたから。わたし、初めて見たとき、舞台に向かって叫んだんです。『駄目』って。徳兵衛のお人好《ひとよ》し振りに腹が立って。後から、きつく叱られましたけれど。——ごめんなさい、わたしばかりお喋りして」

おしげは口を閉じ、恐縮したふうに肩をすくめた。

戸が開いて、新たなお客が入ってきた。

「いらっしゃいませ」

おしげは笑顔で声をかけ、若者に目顔で礼を言って下がり、新たなお客のほうへ向かった。

「ごめんなさいね、母がうるさくして」

「いえ」

若者はかぶりを振った。

「でもまさか、あんなに詳しいとは思わなかったな」

小さくつぶやき、ふっと笑う。

「おかげで見栄を張っているのがばれちまいました」

軽く上目遣いになり、若者はおけいを見た。

何と答えたらいいかわからない。うなずくのも失礼な気がして、おけいは黙って栄吉を見返した。

「俺、歌舞伎役者なんて名乗れたもんじゃないんです。端役《はやく》で芝居に出たことはありますけど、台詞を言ったこともなければ、名のある役をもらったこともないんです。曾根崎心中も客として一度、見にいったきりで。徳兵衛なんて言われても、すぐにピンと来ませんでしたよ」

「うちの母は本当にあの演目が好きなんです。わたしと一緒に見にいったときも、徳兵衛がお金を渡す場面がくると、隣でそわそわするんです。何度も見ていて話のなりゆきもわかっているのに、いちいちため息をついて悔しがるの」

おけいが話すと、若者は愉快そうに肩を揺らした。

「そんなふうにのめり込まれたら役者冥利《みょうり》でしょうね。——もっと修業に精を出せば、俺もそうなれたのかな」

若者は遠い目をしてつぶやいた。

「白菜のお代わり、お持ちしましょうか」

おけいが言うと、若者は浅く顎を引いた。

「俺、中村《なかむら》栄吉という名で芝居をしていたんです」

「中村屋のお役者なのね」

「一応」

栄吉はしんみりとした面持ちで目を伏せた。

厨では平助が稲荷寿司を包んでいた。

「もうじきできるぜ」

「ええ」

白胡麻と生姜《しょうが》のみじん切りを混ぜ込んだ寿司飯を一口大にして、油揚げでくるりと巻く。厨には醬油と砂糖を煮詰めた甘い匂いが立ち込めていた。平助は器用な手つきで瞬《また》く間に稲荷寿司を作り上げ、朱塗りの重箱に詰めた。

「こんな感じか？　楽屋見舞いの稲荷寿司とやらは」

「そうね」

おけいもまた、おしげと亡き父の善左衛門によく歌舞伎へ連れていってもらった。

そのときには馴染《なじ》みの料理屋へ頼んで、自分たちの弁当とは別に稲荷寿司を作らせ、持っていった。おけいも何度か歌舞伎役者の楽屋へ入ったことがある。善左衛門が贔屓にしていたのは人気の役者だったから、似たような風呂敷包みがいくつも届いていた。

稲荷寿司の他に酒を持っていくこともあった。正月にはその役者はおけいの実家へ年始の挨拶に来た。嫁にいってからも、元夫とたまに芝居小屋へ行った。おしげや善左衛門ほどではないが、おけいも歌舞伎が好きで、新吉が事件を起こす八年前までは、年に一度か二度は見ていたのである。

が、中村栄吉の名は知らない。

来年で三十になるなら、おけいが歌舞伎へ通っていた当時はまだ駆け出しだったのかもしれない。だとしても、『勧進帳』や『曾根崎心中』『仮名手本忠臣蔵』といった名だたる演目に出ている役者なら、知っていてもおかしくなさそうなものだ。

今もときおり暇を見つけ、おしげと二人で猿若町《さるわかまち》へ行くこともあるのだから。

形の揃《そろ》った稲荷寿司は目にもご馳走だった。つやつやとして、いかにも華やかだ。

平助は重箱にきっちり詰め、木の芽を載せた。

「ほい、できあがり」

「見事ねえ」

「何なら風呂敷で包むか？」

「やり過ぎですよ」

口ではそう返したが、それもいいかと思った。

楽屋で付け届けに囲まれた歌舞伎役者は、娘心にも格好良く見えた。間近で接していた栄吉にとってはより一層、憧れの気持ちが強かったに違いない。

「あのお客さん、中村栄吉さんとおっしゃるんですって」

「勘三郎《かんざぶろう》の弟子か。そいつは大したもんだ」

「そうね」

栄吉が中村屋の名跡《みょうせき》から直々に稽古をつけてもらっていたかどうかは知らない。が、実際にその名で芝居をしていたのだ。おけいが見にいった歌舞伎にも出ていたのかもしれない。

「包んでやりなさい」

厨に来たおしげが言った。

「そうします」

お客に手土産を渡すこともあるから、常に小風呂敷は用意してある。何枚か出してみて、おけいは濃紅《こいくれない》色のものを選んだ。これから寒い田舎へ帰るお客には、春を思わせる梅の蕾のような風呂敷を持たせてあげたい。

「あら、いいじゃない」

厨へほうじ茶を淹れにきたおしげが、風呂敷に目を留めた。

「だったら、ついでに」

おしげは胸元に忍ばせている懐紙を出し、厨の隅に置いてある小筆で「中村栄吉さんゑ」と書いた。

「楽屋見舞いですものね」

達筆のおしげが書くと、懐紙がちょっとした熨斗《のし》にも見える。おけいは重箱を両手で抱え、店に運んでいった。

「……いいんですか？」

風呂敷包みであらわれた稲荷寿司を前に、栄吉は目を丸くした。

「立派な熨斗までいただいて」

「間に合わせの懐紙ですみません」

おけいが詫びると、栄吉は引きつった笑みを見せた。

「とんでもない。俺なんかにこんな――」

小さな声でつぶやき、栄吉は風呂敷包みを大事そうに受けとった。結び目を解き、そっと重箱の蓋を開ける。

「すごいな」

栄吉は目を輝かせた。

「ずっと、こういう稲荷寿司が食いたかったんです。自分では一度ももらったことがなかったから。すみません、よくもらったと言ったのは嘘でした。俺、一人前の役者になれず、尻尾を巻いて帰国するんです」

「お役者の芝居を嘘とは言いませんよ」

「でも」

「平助は中村栄吉さんのために稲荷寿司を作ったの。存分に召し上がってくださいな。今日はあなたの船出なんですもの」

おしげが晴れやかな声で励ますと、栄吉はぎくしゃくとうなずいた。注文してみたものの、いざ重箱で稲荷寿司が出てきて、そこに名前の入った熨斗がついていたことにおののいているふうだ。

「しっかり胸を張って。江戸にいる間はお役者でしょう、いつでも花道にいるつもりでいらっしゃい。どこであなたの贔屓客が見ているとも限りませんよ」

「師匠も同じことを言ってました」

栄吉がはにかんだ顔で答え、背筋を伸ばしたとき、また戸が開いてお客が入ってきた。四十くらいの小柄な男の人だ。家からそのまま出てきたような木綿の浴衣《ゆかた》姿で、なぜか手に筆を握っている。

5

何気なく飛び込んだ飯屋に栄吉がいた。

重箱にみっちり詰まった稲荷寿司を前に、顔をにやつかせている。

「おい」

長二の声に振り返った栄吉は、ぎょっとした顔になった。

「どうしてお前がここにいる」

自分が後から来たことを棚に上げ、長二は凄《すご》んだ。

端役といえども役者で、栄吉はすぐに顔を取りつくろった。

「やあ、こんにちは」

何事もないような愛想のいい挨拶を寄こす。

こいつ――。

図々しい野郎だと、長二は栄吉を睨めつけた。人の女房を盗んでおいて、呑気《のんき》に飯屋で稲荷寿司を食っているとはどういうことだ。そう思ったが、母娘らしい店の女将や他の客に気兼ねがあり、長二は怒鳴れなかった。

「いらっしゃいませ」

年嵩《としかさ》のほうの女将が声をかけてきた。

「栄吉さんのお知り合いの方？　よろしければお隣へどうぞ。今、お茶をお出ししますから。――おけい」

「はい」

おけいと呼ばれた三十半ばほどの若女将がうなずき、厨へ向かった。

「さ、どうぞ」

長二はむっつりと長床几へ腰を下ろした。年嵩のおかみが火鉢を持ってきて、脇へ置く。

「今日は風が強くて、お寒いでしょう」

「そうですな」

「お茶が来るまで、ゆっくり手を焙《あぶ》ってください」

女将に言われ、長二は自分が寝間着姿なのを思い出した。乱れた襟の間から首の伸びた肌着が見えている。慌てて襟をかき合わせ、咳払いした。

おけいがお茶を運んできた。長二は腕を組んだ。勧められるまま栄吉の隣へ腰を下ろしたものの、寝間着姿では格好がつかない。姿形のいい優男の栄吉と並ぶと、よけいに貧相に見えるに違いない。

横を向くと、栄吉と目が合った。

「どうしたんです、それ」

指で長二の手許を示す。栄吉の目を辿《たど》ると、右手に筆を握っていた。穂先が浴衣の袖を汚している。

「放《ほ》っとけ」

横柄《おうへい》に返し、腕組みをほどく。筆を左手に持ち替え、茶碗へ手を伸ばした。音を立てて啜《すす》り、香ばしさにはっとする。

ほうじ茶は意外なほど旨《うま》かった。いい茶葉を使っているのだろう。長二が家で飲んでいるものとは風味が違う。熱い茶で腹が温まると、尖っていた気持ちがわずかにほぐれた。

「鼻紙を一枚もらえますやろか」

長二はおけいに声をかけた。鼻紙で筆の先を包み、帯に差した。浴衣についた墨はほとんど乾いていた。北風の吹きすさぶ道中を前のめりに歩いてくる間、ずっと手に握りしめ、振り回しているうちに墨が落ちたのだろう。

今朝、文机に突っ伏して寝ていたところに人が訪ねてきて、長二は家から追い出されたのである。『石黒屋』の者だという屈強な男は、いきなり寝間へ入ってきたかと思うと、長二を外へ引きずり出した。

何をする気だと気色《けしき》ばむと、男は長二を見下ろした。

「この家を出てください」

自分はおりきの亭主だと言っても無駄だった。男は玄関の前に立ち、長二を中へ入れまいとした。

「おりきはどこや。いきなり何をしくさる。俺は亭主やぞ」

と、力んでも無駄だった。

「俺を追い出した後には栄吉が来るのか」

「さあ」

男は物乞いでも見るような目で長二を見遣《みや》り、こちらの問いには応じなかった。

ともかく出ていってくれの一点張り。

往来で男と睨み合う長二を、道行く野次馬がちらちらと眺めていった。隣の家からも顔が覗いている。寝間着姿で立っている長二を見れば、おりきに追い出されたのは一目瞭然《いちもくりょうぜん》。

やがて、おくまがやって来た。長二のなりを見て唖然《あぜん》としたが、それだけだった。助けてくれることもなく、すぐに踵《きびす》を返して戻っていった。会えばにこやかに挨拶をする隣の家の者も出てこようという気配がない。長二は家に戻るのを諦めた。が、引き下がったわけではない。

そっちがその気なら――。

長二はその足で『石黒屋』に向かった。そこでおりきを捕まえ、話をした。が、相手にされず、追い払われた。

どこへ行けというのか。途方に暮れ、辺りをうろついているうちに、白木の看板の前で足が止まった。『しん』。初めて見る飯屋だが、こぢんまりして気取らない感じなのがいい。何より、甘い砂糖と酢の匂いがたまらなかった。朝から何も食べていなかった長二はたちまち胃の腑《ふ》を刺激され、店へ飛び込んだのである。

何を食おうか――。

着ているものこそ寝間着だが、金はある。『石黒屋』へ押しかけたとき、おりきに手切れ金をもらったのだ。

重箱の稲荷寿司を横目で見ていると、栄吉が小皿に一つ載せ、こちらへ寄こした。

「食いますか」

顎を引いて受けとり、つまんでみた。

店の外でも鼻をくすぐられたが、砂糖と酢の匂いが堪らない。俵形の稲荷寿司は飯の硬さが絶妙だった。油揚げの甘さと生姜の辛さがいい具合に舌の上で混ざり、たちまち飲み込んでしまう。

「うまいなあ」

長二が思った台詞を隣の栄吉が言った。

「よければ、もう一つ」

と、気前よく重箱をこちらへ寄せる。

「お前の分がなくなるやろ」

「たくさんありますので」

そんなふうに言われると、つい甘えたくもなるが、相手は憎い栄吉である。稲荷寿司で籠絡《ろうらく》されてたまるものか。

「何を召し上がります？」

しばらくこちらの様子を窺っていたふうの、年嵩の女将が言った。

「好物を頼んだらいいですよ。この店は好きなものを作ってくれるそうですから」

隣で栄吉が口を挟んだ。

それで稲荷寿司か。子どもじみた奴だ。長二はふたたび腕を組み、重箱を見下ろした。

「その稲荷寿司、楽屋見舞いのつもりやろ」

「わかりますか」

「芝居小屋で働いていたからな」

上方で戯作者をしていた頃は、長二もよく楽屋へ通っていた。師匠の半二《はんじ》先生の使いを仰せつかり、碁盤の目のようにきちんと並んだ押し寿司の包みを届けたものである。

栄吉はこの店で歌舞伎役者と名乗り、わざわざ稲荷寿司を重箱に詰めさせたのか。

中村屋の楽屋には、売るほど稲荷寿司が届いていたに違いない。届いたものは皆で分けるのが慣《なら》わし。端役の役者にも楽屋見舞いのご馳走は口に入るはず。

しかし、それを好物とのたまうとは。

片腹痛いと思っていると、栄吉が自嘲した。

「一度くらい、もらってみたかったんですよ」

長二が肚《はら》の内で揶揄《やゆ》していることを見透かしたのかもしれない。

「いつも付け届けがくる兄貴分が羨ましくてねえ。俺はいつも配る役でしたから」

うなずきながら聞いている女将に向かい、栄吉が笑顔を見せた。

「今日はありがとうございます。今まで食った中で一番の稲荷寿司です」

「嬉しいこと。うちの平助にも言ってやって」

女将は小走りで厨へ行き、痩せた老人を連れて戻ってきた。

「勝手場を任せている平助です」

「気に入ってくれたんだって？　そいつはよかった。俺はこのおしげさんと違って、お役者の楽屋に入れる身分じゃなかったから、口に合うかどうか、ちと心配だったんだ」

平助は日に焼けた皺顔をほころばせた。歳は還暦くらいか。薄くなった白髪頭に豆絞りの手拭《てぬぐ》いを巻いている。

「また余計なことを言って」

女将のおしげは軽く顔をしかめた。

「こんな見た目で、口を開けばこうですけれど、料理の腕前は確かなんですよ」

自分が連れてきた平助の悪口を言う。おけいがうつむいて笑いを堪える傍らで、平助はへらりと聞き流している。

「ほんま、おいしいです」

長二は笑った。

「おや。お兄さん、上方の人かい？」

「大坂《おおさか》ですわ」

答えると、すかさずおしげが言った。

「まあ、大坂。あちらは味付けが違うでしょう。よろしければ、お好みに合わせたものを作りますよ」

「俺がな」

平助が自分の顔を指差すが、おしげは見もしない。

「何になさいます？」

おしげと平助が揃って長二を見た。夫婦ではなさそうだが仲がいい。息が合っている様を眺めていると、何となく口許が弛む。

「寿司をもらえますか」

「押し寿司かい？」

「いえ、できれば屋台でつまむようなものを」

「あいよ」

軽い調子で請け合い、平助は厨へ戻っていった。

自分とおりきはあんなふうに物を言い合えない。悪口は冗談にならず、互いの顔に浮かぶのは歪んだ笑いばかり。いつからそうなったのだろうと、また長二は埒《らち》もなく考えた。

「ところで、どうして筆を持っていらっしゃるの」

おしげに問われた。

「いい筆ね」

「わかりますか」

「昔ね、書道をやっていたことがあるんです」

なるほど。それで筆をしげしげと眺めているのか。

「でも、そんなに高いものやないですよ」

「大事に使われてきたんでしょう。指の当たるところが飴色になっていますもの」

おしげに言われ、帯に挟んだ筆を見下ろした。

「年季《ねんき》が入ってますから――。大事にしているかどうかわからへんけど。いつも手許には置いてます。傍にないと気が落ち着かないので」

「伴侶《はんりょ》みたいねえ」

長二は苦笑いした。

「それなら、もっと支えてもらいたいですけどな。ちっとも思うように書かせてくれなくて、困ってますわ」

「あら。それが楽しいのでしょ?」

長二が目を上げると、おしげの目が三日月の形になった。

「ごめんなさい、妙なことを言って。ちょっと、そんな気がしたものだから」

そうかもしれない。

あらためて人に言われ、長二は思った。確かに戯作を書くのは苦労だ。いっそ、すっぱり捨ててしまえばいいものを、続けてきたのは楽しいがゆえ。女房とは別れられても、筆は折れない。

それに気づいたら、おりきへの未練も消えた。あんな女はもういらない。こっちこそ願い下げだ。

ここへ来る前の、『石黒屋』でのことである。

おりきは玄関に仁王立ちしている長二を見るなり、噴《ふ》き出した。

「あら、寝込みを襲われたのね。お気の毒さま」

「そんなことはええ」

「せめて着替えくらい、させてあげてもよかったんだけど。そんな寝間着姿でここまで来るなんて。恥をかかせないでちょうだいな」

侮蔑《ぶべつ》もあらわに吐き捨て、おりきは袂《たもと》から一通の手紙を出してきた。

「はい、これ」

勿体ぶった手つきで長二へ押しつける。

開いてみると離縁状だった。そんなことだろうと思った。あんな男を使って荒っぽく追い出したのだ、おりきに夫婦を続ける気などあるわけがない。

前から用意していたのだろう。正面切って渡せば、長二が突っぱねると思って姑《こ》息《そく》な手を使ってきた。それにしても腹が立つ。離縁状の宛名が加作なのはどういうわけだ。

「何や、これ」

宛名のところを指差して言うと、おりきは鼻で笑った。

「それね」

「知ってたんか」

「あんたが近松加作だってこと？　もちろん、知っていましたよ。あんたは隠していたつもりみたいだけど」

そもそも、おりきから加作に近づいてきたのだ。

上方から出てきてすぐ、長二はおりきに拾われた。芝居小屋で下足番をしていたのが縁で知り合った。初めて会ったとき、おりきは父親の卯吉と一緒だった。そのうち口を利くようになり、世間話をする仲になった。

やがて、おりきは卯吉抜きで芝居小屋へ来るようになった。

知り合ったとき既におりきは三十三の大年増だったが、こちらも三十。若い女より、むしろ同年代の女といるほうが落ち着いた。

長二はおりきに戯作の講釈をするのが好きだった。うんうん、と自分の言うことに耳を傾け、笑い声を立ててくれる相手がいるのは嬉しいものだ。おりきと話をしているときは、丸まっている背が少し伸びるような心地がした。笑うと糸のようになる目が可愛いと思っていた。

後はとんとん拍子。長二の身寄りが上方にいる兄だけで、身軽なのも都合がよく、卯吉とおちえに引き合わされ、婿養子になった。それを機に下足番の仕事を辞め、家に入ったのだ。

竹町では名の知られた『石黒屋』の婿が、芝居小屋で客の下駄を預かっていては具合が悪い。金ならある。いずれ卯吉の後を継ぐときが来るまで、好きにしていいと言われた。

小さな庭のついた家は、八畳間が二つに四畳半が一つ。

長二には日当たりのいい南向きの部屋をあてがわれた。窓を背に、なぜか大きな文机が据えられていた。

その部屋を見たとき、長二は半二先生を思い出した。十三のときから師事《しじ》していた近松半二がちょうどこんな文机を使っていた。立派な硯と筆もある。いつか戯作者になったら、自分もこんなところで書くのだと願っていた通りの部屋だ。

文机は前の店子《たなこ》が置いていったものという話だった。

「せっかくだから、お前さんが使って」

おりきは言い、厚い座布団を買ってきて文机の下に敷いた。

婿に入ったと知らせると、自分が代わりたいようだと、上方の兄も返事を書いてきた。夢みたいな話だと思っていたのだ。本当に。

何のことはない。

おりきは加作が半二のように売れっ子になると期待して、婿にしたのである。

道理で、と腑に落ちた。卯吉が居抜きで買ってくれた本屋を潰したときも、おりきは間に入って取りなした。口入れ屋で見つけた仕事にしくじったときも黙っていた。『伊賀越道中双六』を仕上げた加作なら、いずれ化けると信じていたのだろう。

長二が加作だと気づいたのは卯吉。

昔、商売仲間と上方へ行ったとき、半二の後について楽屋見舞いを届けに来た男を見たそうだ。それが長二。商売仲間から「あれは半二の弟子の加作だ」と聞き、卯吉はへえ、と思ったらしい。

半二の遺作となった『伊賀越道中双六』は加作との合作で、いたく評判となった。その加作が江戸で芝居小屋の下足番をしているのを見かけ、おりきに世間話の一つとして教えたのが、二人の知り合うきっかけとなったわけだ。

卯吉は娘の見立てに難色を示したという。

合作といっても加作はおまけ。病床で筆を握れなくなった半二の代わりに、言うことを書き写しただけかもしれない。化けるかどうかは四分六。分の悪い賭けだと首を傾げていたそうだ。

「やっぱり、親の言うことは聞くものね」

おりきは鼻の頭に皺を寄せた。

「長い間養ってあげたんだから、もういいでしょ。そのうち傑作を書くと思って、これでも長い目で見ていたんだけど、結局無駄だったわね。昨日、芝居小屋の前で惚《ほう》けた顔で幟を見ているお前さんを見て、はっきり悟ったんです。ああ、この人は駄目、って」

「………」

「自分の書いた芝居で涙まで流して馬鹿みたい。あれじゃあ、ただのお客じゃない。やっぱり合作と言ってもおまけだったのね。ひょっとして、あんた、師匠が死んだのをいいことに、後から勝手に自分の名をくっつけただけなんじゃないの？」

おりきはそんな邪推までした。怒りも度を超すと言葉が出てこなくなるのだと、長二はそのとき初めて知った。

見切りをつけるのは勝手だが、敢えて離縁状に長二が伏せていた筆名を書くとは小賢《こざか》しい。おりきは見かけ通りの小狸だ、いやもう古狸か。

「お前、これからどうする」

長二は栄吉に言った。

「おりきに捨てられたんやろ？　そんな旅姿《なり》して。どこへ行く気や」

栄吉は憮然《ぶぜん》とした。こいつは図星だ。

『石黒屋』へ押しかけたとき、玄関口で言い争う長二とおりきをこっそり覗いている奴がいた。小太りの中年男。長二が見ていることに気づくと、さっと顔を引っ込めたが、あれは昨夜、芝居小屋の近くでおりきと腕を絡ませていた男だ。

「旦那さんこそ、そんな寝間着姿でどうしたんです」

「寝込みを襲われて家を追い出されたんや」

そう言うと、栄吉が目を剥いた。

「驚くことないやろ。あいつはそういう女や。お前も知ってたくせに」

「――まあ」

長二は栄吉と目を合わせ、ふっと笑った。

今さら浮気のことを責めても詮《せん》がない。おりきは長二だけでなく、栄吉も捨てたのだ。聞けば、最初に栄吉を『石黒屋』へ連れていった贔屓客に鞍替《くらが》えしたという。

ひょっとすると、栄吉は当て馬で、端から狙いはその男だったのかもしれない。

いずれにせよ、もういい。手切れ金をくれたから、こうして一膳《いちぜん》飯屋に入って、憎い栄吉とも話ができたのだ。

「そんな格好して。振られた腹いせに、旅に出るんか」

「田舎へ帰るんですよ。役者では食っていけないし、親も歳を取ったので」

「へえ。田舎はどこや」

「奥州です」

「ふん。それはまた、えらい引っ込んだとこやな」

「役者を辞めると聞いても驚きませんね。俺が大根だと知っているからですか」

栄吉は僻《ひが》んだような物言いをした。

「俺も一度辞めてるからな」

半二先生はすごいと本当に思う。

『伊賀越道中双六』だけではない。『本朝廿四孝《ほんちようにじゆうしこう》』に『妹背山婦女庭訓《いもせやまおんなていきん》』、『新版《しんぱん》歌祭文《うたざいもん》』など、多くの作品が死してなお残っている。

だから長二は戯作を諦め、上方を出た。半二の生きた証がそこかしこにある町では未練を断ちがたい。そう思って江戸へ来たけれど。

「俺、上方へ帰るわ」

「お身内がいるんですか」

「兄貴が一人おるけどな。そういうことやない。もう一度、上方で戯作者に返り咲こうと思っとる」

栄吉が口をつぐんだ。

「無茶だと言いたいんやろ。別に構へんけど」

「そんなこと言ってませんよ」

「でも、肚の中では思ってるやろ。こんなおっさんが鼻の穴ふくらまして、めでたい夢を語ってやがる、てとこか。困った顔して笑ってるもんな。無理せんでええ。自分でも阿呆やとわかってんねん」

それでもやる。

半二の跡を継いで仕上げた『伊賀越道中双六』を見て、肚を括《くく》ったのだ。自分はやはり近松加作。石にかじりついてでも戯作を書いて生きていく。

「来年で四十だからな。もう惑うのは止《よ》したんや。人生五十年としたら、あと十年。もたもたしてたら、まばたきする間に終わってしまうやろ」

おりきは思い違いをしている。

長二が幟を見上げて泣いたのは、戯作に感動したからではない。江戸でいったい何をしてきたのかと愕然《がくぜん》としたのだ。うかうかしていたら『伊賀越道中双六』が遺作となってしまう。半二と違い、長二が世に出せたのはその一作きりだというのに。

師匠が死んだからと、弱気になって勝負の場から下りた自分が情けない。

女とは別れられても、阿呆な自分とは一生の付き合い。どうせ戯作からは逃れられないと今さらながら気づき、長二は江戸で楽して捨てた年月を悔やみ、涙していたのである。

「物にならなかったら、どうするんです」

栄吉の問いに、長二は鼻で笑ってみせた。

「貧乏して、みじめな思いをするかもな。だとしても、ほんの十年や。誰に嗤われたってええわ」

無茶をして栄光を摑んでも十年、しくじって地を這《は》いずり回ったとしても十年。悪いほうへ転がっても、終わりのない地獄道ではない。ならば、己に賭けてみようと思っている。

「こうしてはおれん」

長床几から腰を上げたところへ、寿司が出てきた。

「そうやった。寿司を頼んだんや」

長二は立ったまま寿司へ手を伸ばした。

まずは白身から。むんずと摑み、一口で頰張る。栄吉の頼んだ稲荷寿司と違い、こちらの寿司は手に余りそうな重量感がある。大きく口を開けても、一口では喉につかえる。

透きとおった白身は真鯛《まだい》だ。しっかり酢が効いているのに、嚙みしめると甘く、鯛の淡い旨味が感じられる。続いて、さより。千切りにした生姜がいい具合に味を締めている。厚焼き玉子でくるんだ太巻きは、贅沢に砂糖が使ってあるのが嬉しい。

「うまいです」

口の中のものをどうにか飲み込み、長二は言った。

「腰を下ろして召し上がったら？」

おしげが呆れるのも然《しか》り。が、こうやって食べるのも一興。じっくり押して作る上方の寿司と違い、江戸前寿司は手早く握ったものが出てくるのが乙《おつ》。気が急《せ》いて、残りを包んでもらおうかと頭では思うのに、飲み込むと、次にまた手が出る。

食べながら、長二は感心して唸《うな》った。

おしげの言った通り、勝手場の平助はあんな風体《ふうてい》ながら、大した腕前だ。寿司はもちろんのこと、脇に添えてある薬味の紫蘇《しそ》と葱までおいしい。おかげで気持ちは上方へ向けて発《た》っているのに、足が床に張りついて離れない。

蜆《しじみ》の味噌汁もよかった。出汁も湯気も全部うまい。薬味もすべて腹に収めたときには、すっかり上機嫌になっていた。女房に捨てられ、寝間着姿で家を追い出された男が一刻《いっとき》（二時間）後にはこうして笑っている。

「ご馳走さん」

両手を合わせ、懐から紙にくるまれた金を出した。おしげとおけいが不思議そうな顔をしている。

「別れた女房がくれた手切れ金ですわ。たった一両ですけどな。十年近く夫婦でいて、半襟までつけてやっていたのに、しみったれた奴や」

金は離縁状を開いたら出てきた。

寝間着姿で叩き出した亭主に無慈悲な扱いだと思うが、それもあの小太りの男の差し金かもしれない。あれは金貸しらしい。おりきに戸を閉められた後、門の前を掃いていた娘に訊いた。

考えてみれば、おりきも四十二。いい加減、残りの年月を数えはじめたとしてもおかしくない。芸者の出の継母に対抗するため、ものにならない戯作者や役者ではなく、単純に金を持っている男を頼りたいのもわかる。

「ま、どうでもええか」

もう終わったことだ。きれいさっぱり忘れる——、つもりはない。ろくでもない女として次の戯作に出してやる。これでも戯作者。捨てられて転んだら、そいつをネタに起き上がってみせる。

頭の中には『伊賀越道中双六』の荷持ちがいた。あの爺《じい》さんのように、上方まで荷物持ちをしながら行けばいい。長二の旅はまだ半ば。この先どうなるかわからないが、十兵衛のような親切な道連れに出会いたいものだ。帯に筆を差し、前のめりに歩く長二の背を北風が押した。


「面白い方でしたねえ」

長二が大慌てで出ていった後、おしげが言った。

おけいが食後の煎茶を運んでいったときには、暖簾を揺らして出ていくところだった。この寒い中、寝間着姿であらわれたことにも驚いたが、去り際も唐突だった。

「あの人、近松加作ですよ」

栄吉がつぶやくと、おしげは「まあ」と口を開けた。

「近松半二の遺作を仕上げた御方ね？」

「はい」

「驚いたわ。もっとたくさんお話を伺えばよかった」

「同感です」

おりきからはうだつの上がらないぼんくら婿と聞いていたのだが、喋ってみたら印象が違った。豪儀《ごうぎ》な人じゃないか、と思った。今から上方へ戻って戯作者に返り咲こうなんて。自分にはできない。長二と話して、よけいにその思いが強くなった。この先の十年を棒に振っても、芝居にすべてを賭ける勇気がない。

「俺も踏ん張ります、田舎で」

栄吉は己を顧《かえり》みつつ言った。人に嗤われるのも、頑張りが報われず延々と貧乏でいるのも嫌だ。それなら凡人でいい。というより、初めからそうだった。栄吉は顔が少しばかりいいだけの小心者。歌舞伎役者になるなど、どだい無理な話だった。

それでも。

「生きていくしかないもんな」

自分に向かってつぶやく。

もう粋がっていられる歳でもない。しばらくは周りの目も煩《わずら》わしいだろうが、仕方ない。何を言われても受け流すほかにない。田舎の親は嫌な思いをたくさんしたろうな、と栄吉は今さらながら申し訳なく感じた。

「生きることは大変よね」

栄吉を見つめるおしげの目は優しかった。奥州へ行ったきり、消息知れずの新吉のことを思い出しているのだろう。

「ごめんなさいね、知ったような口を利いて。この歳になると、無事に歳を重ねることが本当にありがたいものだから、つい――。実はね、わたしにも息子がいるのですよ。昔はわたしも立派になってほしいと願いましたけれど、自分が年寄りになってみると、そういう欲も失《う》せてしまって。息災でいてくれればいいと思うようになりました。今はもう体の心配ばかりしていますよ」

「息子さんは離れて暮らしているんですか」

「ええ。奥州に行ったのですよ。もう何年も前に。それ以来、便りもないんです。最後に見たのはあなたの少し下くらいの歳で。今はどこで何をしているのやら。生きて会える日まで、どうにか踏ん張ろうとは思っているのですけれど」

おけいはおしげの傍により、そっと肩を抱いた。

「大丈夫よ」

軽くうなずき、おしげは口の端を持ち上げた。

「すみません。弟は少しお客さんに背格好や雰囲気が似ているんです」

と言うと、栄吉はおけいを見た。

「何て名ですか」

「――新吉」

「わかりました、新吉さんですね。田舎についたら親や周りに訊ねます。お母さんがおしげさんで、お姉さんがおけいさん。江戸からくる人は少ないから誰か知っているかもしれません」

「嬉しいことを仰る」

おしげの声が湿っている。

「でも、ご迷惑でしょうから――」

「そんなこと、ちっとも迷惑じゃないです。見つけられたら、この店へ便りを出すよう伝えますよ」

栄吉は真摯《しんし》な面持ちで言い、ふと合点のいった顔になった。

「ひょっとして、だから『しん』なんですね」

「ええ」

おけいが返すと、栄吉は立ち上がった。

「俺、帰ります。稲荷寿司を食べたおかげで力が出ました。これで親に元気な顔を見せられます。ここへ来るまで、帰国するのが怖かったんですよ。俺、役者としても駄目で、男としても屑《くず》だったんで」

「親御さんにとって、あなたは大事な宝ですよ。いくつになっても、何をしていても、それは変わらないの。どうか、そのことは忘れないでくださいな」

おしげのはなむけを栄吉が神妙な面持ちで聞いている。

「俺、帰国したら、親孝行しますよ」

「その言葉、ぜひ親御さんに聞かせてあげるといいわ」

「――はい」

店を出ていくときの栄吉は晴れ晴れとした顔をしていた。最初見たときとは別の男のようだ。新吉のことまで心配してくれて。自分では屑だと言っていたけれど、そんなことはない。栄吉はまだ若い。これからの頑張り次第で、いくらでも変われるのだ。

「お気をつけて」

戸の前で見送ると、栄吉はこちらへ手を振った。

堂々とした足取りと広い背中が逞《たくま》しい。

雲の切れ間から細い陽が差し、土手沿いの道に降り注いでいた。正午近いせいか風がぬるんでいる。川から吹いてくる風に、うっすら春の匂いを感じた。遠ざかる栄吉の後ろ姿はやはり、少し新吉に似ている。

どうか無事に帰国できますように。

お家で待っている親御さんに会えますように。どうか、きっと。お願い――。

おけいは淡い光に包まれる背の高い男を見守りながら、胸のうちで祈った。

第三話　お人好し

1

「すぐに来いって？　冗談じゃないよ」

さつきは舌打ちした。仕事についた途端、あの娘に呼び出されたのである。雑巾がけが終わったら、支度部屋に来るようにという。

「あたしに怒ってどうするのさ。文句があるなら、直接言ったらどうだい」

奉公人仲間のおまさが口を尖らせた。

「だって、仕事を始めたところなんだよ。手を止めるわけにいかないじゃないの。あたしらを何だと思ってるんだろ。呼びつければ、すぐに飛んでくる犬だとでも思ってるのかね」

「人気芸者だからねえ」

「いいよ、待たせておくから。あたしは忙しいんだ。こんなときに呼び出すほうがどうかしてる」

「ま、いいけど。叱られるのはあんただから。ともかく伝えたからね」

おまさは話を打ち切り、行ってしまった。その愛想のなさに腹が立ち、さつきは眉間《みけん》に皺を寄せた。

誰が行くものか。

どうせ小言《こごと》に決まっている。今度は何だ。朝もまだ薄暗いうちに家を出てきて、冷たい雑巾で水拭きをしているというのに嫌になる。

待たせておけばいい。そもそも尻の青い娘が年上の者を呼びつけるとは図々《ずうずう》しい。叱られにいくのが億劫《おっくう》で、のろのろ雑巾がけをしていたら、相手のほうからやって来た。

「お仕事中にお邪魔してすみません」

まめ菊《ぎく》は廊下に這いつくばっているさつきを見下ろし、小首を傾《かし》げた。

「はあ」

さつきは生返事をして目を逸らした。聞こえるようにため息をつき、雑巾を手に立ち上がる。まめ菊はちらとこちらへ目を走らせた。汚れた水が着物につくのではないかと案じているのだろう。さつきはそれを承知で無造作に雑巾を桶《おけ》に放った。まめ菊は咄嗟《とっさ》に身を退き、さっさと廊下を歩き出した。

「これを見てください」

支度部屋で襦袢《じゅばん》を見せられた。

「ほら、待ち針がついたままです」

まめ菊は襦袢を持ち上げ、さつきへ近寄せた。地紋《じもん》の入った絹地には、確かに半襟をつけたときの待ち針が残っている。急いでいたから、うっかりしたのだ。

おまさに聞いたところによると、まめ菊は十六になったばかり。桃割れの似合うあどけない顔をして、意外にきつい口を利く。元はいいところのお嬢さんらしいが、さつきはまめ菊が苦手だ。二十も下の小娘にうるさいことを言われると癪に障る。

外せばいいだけだろうに。その針で怪我をしたわけでもないのに、わざわざ人を呼びつけてまで騒ぐ神経がわからない。

「今度からは気をつけてくださいね」

さつきが黙っていると、まめ菊は念押しした。

偉そうに――。

そもそも自分の着るものくらい、芸者が自分で始末すればいいのにと思う。こちらは年中古着の木綿で、絹の扱いなど不慣れなのだから。

朝からそんなことがあったせいか、その日は一日中くさくさとしていた。日が暮れ、ようやく『松屋』を後にしたときには体中が重くなっていた。

墨色の空には星一つ出ていない。

どうも冷えると思ったら、みぞれが降っている。傘を差すほどではないが、道はぬかるんでいた。建物の中にいたから気づかなかっただけで、昼間から降っていたのかもしれない。

歩き出した途端、足が滑った。

「ひゃあ」

思わず大きな声が出て、さつきは辺りを見渡した。

若い娘ならともかく三十六の年増の悲鳴など聞けたものではない。通りがかりの野良猫が驚いて逃げていったが、それだけだった。恥をかかずに済んだのは幸いだが、さつきは何となくむっとした。女が転びかけたのだ、誰か一人くらい心配してくれてもいいだろうに。今度は滑らないよう下を向き、中腰でそろそろと歩く。

そのせいで、いつもより遅くなった。

「どうしたのさ」

戸を開けるなり、おりゅうが嚙みついてくる。

「いつまで経っても来ないから、ひもじいのを我慢してたんだよ」

「みぞれが降って、道が悪くてね」

「早くご飯にしておくれ。お腹が減って倒れそうだ」

おりゅうはさつきの言葉を遮《さえぎ》り、苛立たしい声を出した。

空腹なのはお互いさま。しかもこちらは朝早くから働き詰めで、疲れている中を駆けつけてきたのにこの言いよう。遅くなった理由を聞き、同情してくれてもよさそうなものだ。言っても詮無いことだから、さつきはうんざりした気持ちを堪え、米と鍋を手に井戸端に出た。

暗い中、米を研ぐ音が響く。

「痛――」

あかぎれに水がしみ、さつきは顔をしかめた。

暦《こよみ》の上では春なのに寒い日が続いている。茶屋でも水仕事をしているさつきは、ひび割れやあかぎれに年中悩まされていた。ことに寒い時期が辛い。人差し指と中指がひどく、関節の辺りがぱっくり割れて血が滲んでいる。さつきは指を握り、痛みがやわらぐのを待った。もう梅の花もほころびはじめているというのに、こんな指をしていると、自分だけ冬に取り残された気になる。

朝から生意気な芸者に難癖をつけられ、やっと仕事が終わったら、近所の婆《ばあ》さんにこき使われ、いったい何をしているのかと思う。おりゅうはただの近所の住人だ。それなのに、わずかな手間賃で細々と世話を焼いているとは、我ながらお人好しだと思う。

米を炊いている合間に、さつきは味噌汁を作り、漬け物を刻んだ。

「そいつも洗っとくれ」

顎をしゃくって部屋の隅の汚れ物を示し、おりゅうは自分だけ火鉢の傍にくっついている。

「後でね」

「後じゃ困るよ。もう着替えがないんだから」

一日中家にいるくせに、おりゅうは自分の寝間着も洗わない。足が痛いと言うが、歌舞伎や浄瑠璃が好きで芝居には行く。そんな元気があれば自分の汚れものくらい始末できるはずなのに、何でもさつきにやらせようとする。

それを受け入れているのは、おりゅうがお喋りだからだ。つれない仕打ちをして、近所へ悪口を吹きこまれては堪らない。さつきは独り暮らし。おりゅうの家で手伝いをしているのは金のため。加えて近所付き合いのため。

竹町の渡しに程近い『松屋』は界隈で名を知られた茶屋だが、下働きのさつきがもらえる給金は知れているから、おりゅうのところで手間賃を稼いでいる。

とはいえ微々たる手間賃で、小遣いの足しにもならず、一方的に世話をさせられているようなもの。頼れる身内のいないさつきには近所付き合いが大事。いざというとき助けてくれと泣きつく先は界隈の者だと思うから、せっせと恩を売っているわけだ。

「はい、できましたよ」

炊き上がったご飯と味噌汁を出すと、おりゅうは「いただきます」も言わずに食べはじめた。

「糠《ぬか》臭い」

一口でしかめ面をする。

「ろくに研がずに炊くからだよ」

「ごめんなさい。ちゃんと研いだつもりだったんだけど」

「味噌汁はぬるいね」

食べている間も、おりゅうの口はよく動く。文句をつけても箸は止めないのだから、言うほど不味《まず》くはないのだろう。

おりゅうの家は古い平屋である。六畳と四畳半が一つずつで、裏に猫の額ほどの庭がある。畳は毛羽立《けばだ》ち、食器は欠けたものを使っているが、それなりに貯め込んでいるはずだ。

月に一度の芝居小屋通いをする余裕があり、医者からも高い薬をもらっている。八年前に死んだ亭主は、近所でも腕がいいと評判の左官屋《さかんや》だった。女房のおりゅうが食べていくのに困らないくらいの蓄えを残したのだろう。同じ独り身でも家持ちで悠々自適《ゆうゆうじてき》。嫁にいった娘はほとんど顔も出さないが、暮らしに心配もないと思うと羨ましい限り。

「あたし、今度花見に行くんだよ」

食後に白湯《さゆ》を啜りながら、おりゅうが言った。

「いいですねえ。でも、まだ蕾もついてないでしょ」

「桜はね。あたしが見にいくのは梅」

寒がりのくせに、どうしてわざわざ外へ出かけたがるのか。寒がりで、春も盛りになるまで火鉢を離さないおりゅうのこと、どうせ風邪を引いて帰ってくるに決まっている。

そう思ったが、口では羨ましがることにした。

「へえ、梅ですか。さすがおりゅうさんは風流だ」

「川柳《せんりゅう》の仲間に誘われてね。あたしは面倒なんだけど」

「そんなこと言わずに楽しんできてくださいな。せっかくのお誘いじゃない。あたしなんて――」

「うん。だからさ、弁当を作っておくれよ」

仲間もそれぞれ持ってきて、分け合いながら食べるという。

「いいですけど」

「そんなに手の込んだものでなくていいから。太巻きで十分」

「太巻きね」

「桜のときも同じでいいよ」

梅だけではなく、桜も見にいくつもりらしい。

いいご身分だ。さつきは何年も花見に行っていない。最後がいつだったか思い出せないほどだが、暮らしに追われている者は皆そうだろう。

また井戸端へ出て、おりゅうの食器を洗った。その後、汚れ物を洗って部屋の中に干し、自分の家が見えてきたときには、空腹で目が回りそうになっていた。おりゅうは吝嗇《りんしょく》で、めったに相伴《しょうばん》させてくれない。湯を沸かすのも億劫で、残りご飯に佃煮《つくだに》をかけて掻き込もうと思っていたら、戸の前に人がいた。

「よう」

暗がりでしゃがんでいた男は、さつきを見て立ち上がった。

びくりと足を止め、思わず後退《あとじさ》る。

「遅かったじゃねえか。待ちくたびれたぜ」

男はにやりと笑い、懐に手を忍ばせた。刃物でも出すつもりかと頬が粟立《あわだ》ったが、出てきたのは折り畳んだ紙だった。押しつけられ、開いてみたが暗くて何が書いてあるか読めない。

「取立て状だ。いつ返してくれるかと思ってな」

書面に目を凝らしているさつきに向かい、男が言った。それを聞き、頭を殴りつけられたような気になった。

「何度来られても、払えませんよ」

「あんたの父《とっ》つぁんの作った借金だぜ」

「そんなの、あたしは知りません。父親と言ったたって、もうずっとここには住んでいないんですから」

「知ったことじゃねえ。親の作った借金を娘が返すのは当たり前。違うかい」

借金取りが低い声で脅してくる。

蛇のように絡みつく目で見られると、恐ろしさで身がすくんだ。今度こそはきっぱり断ろうと思っているのに、成功した例《ため》しがない。気がつくと、さつきは地面にへたり込んでいた。手にはしっかり借金の取立て状を持たされている。

払わないと言ったのに――。

借金を押しつけられた落胆で、しばらく腰を上げられなかった。

さつきの父親の太吉《たきち》は若い頃、おりゅうの亭主のもとで職人をしていた。腕は悪くなかったが怠け者で、酒と博打《ばくち》に目がなかった。物心ついた頃より、家の中の雰囲気は刺々《とげとげ》しかった。母親はろくに仕事もせず借金を作ってくる亭主に腹を立て、しょっちゅう夫婦喧嘩をしていた。

だから、さっきの借金取りとも長い付き合いである。

数年ぶりに顔を見せたのは、つい先日のこと。さつきが煮え切らないから念押しに来たのだ。借金取りのしつこさには恐れ入る。あの顔を見るとぞっとする。凄まれると、大袈裟《おおげさ》でなく心《しん》の臓《ぞう》を摑まれた気になる。

その晩、さつきは眠れなかった。また父親の借金を背負わされ、どうやって返せばいいのかと煩悶《はんもん》しながら朝を迎えた。

2

次の日はよく晴れていた。

『松屋』へ向かう足も重く、さつきは何度も目をつぶった。寝不足のせいで朝から目の奥が痛んで堪らない。

昨夜は何も食べずに布団へ入ったのに、まるで空腹を感じない。胃の腑《ふ》がもたれ、苦いものが込み上げてくる。昨夜からのぬかるみはまだ乾いていない。清々《すがすが》しい光を浴び、泥道はよけいに汚らしく見えた。

日陰にはまだ雪が残っている。さつきは足下に目を落とし、背を丸めていた。

どこからか梅の香りが漂ってくるのを感じるが、顔を上げてみようという気にもならない。

きっと、おりゅうは今も床の中だろう。寒い間はなかなか起きられないのだと、前に言っていたことがある。梅見に行くおりゅうをいいご身分だと羨んだことが、もう遠い昔のような気がした。

ろくでなしの父親のせいで、子どもの頃から何度も嫌な目に遭ってきた。さつきはそのせいで離縁の憂き目にも遭っている。別れた夫は働き者だった。舅《しゅうと》姑《しゅうとめ》もいい人だったが、嫁の父親の借金取りがやって来ると、掌を返したように冷たくなった。当たり前だと、さつきも思う。誰だって自分が可愛い。

三年前に死んだ母親は愚痴っぽい女だった。借金取りが来ても泣くばかりで役に立たず、娘のさつきが盾《たて》になった。太吉が十年前に借金を残して行方をくらましたときも、昔はあんな人じゃなかったのにと、詮無い繰《く》り言《ごと》を口にして、さつきを苛立たせたものだ。

わずかな手間賃でこき使うおりゅうも嫌な女だが、母親よりまし。どちらの女になりたいかと言われれば、間違いなくおりゅうを選ぶ。母は病気に罹《かか》っても満足に医者へかかれなかった。太吉の借金がなければもっと長生きできたはずだ。母のような目には遭いたくない。

結局、持って生まれた運の差で決まる。

おりゅうもさつきの母親も同じ左官職人の女房なのに、所帯を持った相手によってその先がまるで違った。要するに、男次第。女に生まれたなら、働き者の女房に収まるのが一番。

さつきの頭に、ときおり『松屋』へお客を乗せてくる船頭の顔が浮かんだ。半年ほど前から顔を見せるようになった男で、背が高く、艪を繰っている姿も様になる。たまたま帰り道で出くわし、飯に誘われたことがあった。

おりゅうの家へ寄るからと、お茶を一杯だけ飲んだのだが、そのときに独り者だと聞いた。名は惣太《そうた》。歳は二つ、三つ下くらいか。若い頃は娘に騒がれただろうという顔をしているが、今では日焼けして皺も目立ち、下腹もたるんでいる。

先月も『松屋』からの帰り道で顔を合わせた。そのときは急いでいて誘いを断ったのを、さつきは勿体ないと思っていた。

船頭は稼ぎもいいから、惣太と一緒になれば楽ができる。おりゅうの世話は続けるにしても『松屋』は辞められるし、借金取りが来たときも惣太が代わりに追い払ってくれるだろう。

いい加減、さつきは女一人で生きていくことに倦《う》んでいた。死んだ母に先を越されたと思うほどで、そろそろ頼れる誰かに寄りかかりたい。

もう三十六だから贅沢は言わない。何なら子持ちでも構わない。今みたいに朝早くから暗くなるまで働いているのに金も貯められず、父親の借金で振り出しに戻る暮らしにはうんざりだった。生まれてこの方、ずっと真面目にやってきたのだから、そろそろ報われてもいいと思っていた。

『松屋』へ着いた途端、そういう甘い考えは吹き飛んだ。

また雑巾掛けの途中でまめ菊に呼び出され、小言を食らったのである。半襟付けを後回しにしていたのが見つかったのだ。

朝から廊下に立たされ、説教される羽目になった。

「わけを聞かせてください」

なぜ半襟付けが終わっていないのかという。

「忙しかったんです。このところ座敷が多くて、後片付けに手間がいつもより掛かっていましたので。今日にも付けるつもりだったんですけど」

少し遅れたくらいでしつこい娘だ。自分が悪いことはさつきも承知している。今日早めに出てきて、やるつもりだったのだ。朝のうちに仕上げて渡す気でいた。

そのはずが、昨日は借金取りが来たせいで、明け方まで眠れなかったものだから、体がきつくて早起きできなかった。しかし、そんなことをまめ菊に言ってもしょうがない。

「すみません」

ともかく場を収めるため、さつきは頭を下げた。

「悪気はないんです、すみません」

「わたし、謝っていただきたいわけではないんです」

「はあ。でも、すみません」

詫びを繰り返すと、まめ菊がため息をついた。

「わかりました」

「今日こそやりますから」

「本当ですか？　あの着物は次の座敷でおろすつもりなんです。もし間に合わないようなら、別の着物にしますので」

「平気です」

さつきはまめ菊の言葉を遮った。やると言っているのにまだ難癖をつけるつもりかと、半ば呆れてしまった。

「でしたら、お願いしますね」

まめ菊は支度部屋へ行き、襦袢と一緒に綸子《りんず》の着物を持ってきた。地は薄《うつす》らとした紅色で、全身に花の蕾の刺繍《ししゅう》が入っている。この着物を長襦袢とあわせて次の座敷でおろすのだという。

ご大層な衣装だと思いつつ、恭《うやうや》しく受けとった。これから芸者は稽古ごとへ行くので、支度部屋が空く。雑巾掛けは後に回し、今のうちに半襟を付けてしまうことにした。

三味線の稽古に出かけたまめ菊と入れ違いに支度部屋へ入る。下働きはめったに立ち入れない場所だ。鏡台をいくつも壁際に並べた部屋には白粉の匂いが籠《こ》もっている。さつきは半襟と襦袢、綸子の着物を手に、隅へ腰を下ろした。

『松屋』はまめ菊に金をかけていて、取っ替え引っ替え着物を誂《あつら》えている。綸子の着物にはまだ仕付け糸がついていた。大家のお嬢さんでもあるまいし、十六の娘が袖を通すには贅沢だと思う。それだけ人気がある証なのだろうが、さつきにはまめ菊のどこがそんなにいいのかわからない。顔は可愛いけれど、こんなに権高《けんだか》では男も興醒《きょうざ》めだろうに。さつきが娘だった頃は、女は愛嬌が一番と言われていたものだ。少しばかり器量よしでも、高飛車な娘は嫌われた。

芸者でも女は女。若いからちやほやする男もいるだろうが、長続きするものか。さつきが『松屋』の女将なら、まめ菊など重用しない。他にも綺麗な芸者はいるのに、なぜあの娘なのだろう。

さつきは襦袢を広げた。

へらで折り目をつけ、待ち針を打って、半襟を襦袢の襟に合わせる。外は曇っている。窓から明かりが入ってくるものの、針の穴がぼやけてよく見えない。このところ細かい仕事をするのがきつくなった。さつきは手を伸ばし、針を目から遠ざけた。

「駄目だ」

これでもまだ見えない。さつきは舌打ちして目を眇《すが》め、針の穴を睨んだ。次第に頭が痛くなってきた。ますます目が霞《かす》み、焦って汗まで出てきた。こうなるとわかっていたから、朝の仕事に回すつもりだったのだ。夜に針仕事をしようと思っても、一日の終わりにはもう目が使い物にならない。

ああ、疲れた――。

まめ菊のせいで気が滅入《めい》る。腹が立つから、あの娘より先に着てやろうか。意地悪心が差し、さつきは綸子の着物を手に取った。

そこへ、ぬっとおまさが顔を出した。

「おや、ここにいたのかい」

ちょうど着物を羽織ろうとしていたところへ急に声をかけられ、さつきはうろたえた。後ろ手で着物を掴み、おまさの目から隠した。

「廊下に雑巾を置いていなくなったから、どこかで遊んでいるかと思った」

「半襟を付けてたんだよ」

「ふうん。そんなの後にすればいいのに」

「そのつもりだったけど催促されてね。これが終わったら、すぐ戻るから」

「頼むよ」

芸者に催促されたと聞き、納得したらしいおまさが出ていった後、さつきはあらためて着物を広げ、ぎょっとした。

着物が汚れている。

淡い紅色の綸子に、つぶれた豆さながら赤い染《し》みがついている。今の今までこんなものはなかったのに、いったいなぜと思ったら、右の人差し指がひび割れ、血が出ていた。

どうしよう——。

狼狽《ろうばい》して汗が噴き出したが自分のことなど構っていられない。慌てて懐から手拭いを出し、左手で着物を押さえて慎重に染みを叩くと、大方きれいになった。

ああ、よかった――。

と思いきや、別のところにも血がついている。右だけでなく左の指も割れていたのに気づかず、着物を押さえるときに汚したのだ。

呆然《ぼうぜん》と着物を見下ろし、ごくりと喉を鳴らす。

まだ仕付け糸のついている着物に染みをつけてしまった。まめ菊の顔が目に浮かんだ。何と言い訳したものか。このことを知れば、あの娘はきっと許すまい。女将にも言いつけるかもしれない。

そうすれば弁償させられるに違いない。綸子の着物がいくらするのか知らないが、とてもさつきに払える額ではないだろう。父親の借金もあるというのに。

さつきはまめ菊の着物を抱え、手近にあった風呂敷で包んだ。ともかく何とかしなければ。松屋出入りの呉服屋へ持っていけば染みを落としてくれるだろうか。

万が一のときのために、さつきはいくらか金を貯めていた。こんなことのために使うのは惜しいが、背に腹はかえられない。一刻も早く呉服屋へまめ菊の着物を持ち込むのだ。染みの手当は一日でも早いほうがいい。

が、今日も暗くなるまで仕事だ。明日も同じ。『松屋』で休みをくれるのは十日に一度。それまで待っていたら、とても間に合わない。

仮病を使おう。

急に頭が痛くなったとか言って、早く上がらせてもらって呉服屋へ駆け込むしかない。こうなったら善は急げ。冷たい汗にまみれながら、さつきは支度部屋を飛び出した。

女将に嘘のわけを話して茶屋を早く上がらせてもらい、急ぎ足で家に向かうと、若い男が駆け寄ってきた。

「ちょっと来てください」

「え？」

いきなり知らない男に話しかけられ、さつきはとまどった。

「いいから急いで。おりゅうが厠《かわや》で転んだんです」

「転んだ？　どうして知ってるんですか。あんた、おりゅうさんの知り合いか何か？」

「俺は遠縁の者ですよ。たまたま遊びに来て、転んだところへ居合わせたんです。まともに尻を打って、痛がって大変なんです。行ってやってください」

おりゅうの遠縁だという若者は、早口にさつきを急かした。流行りの形に髷《まげ》を結った、線の細い男である。この辺りでは見たことがないが、おりゅうの娘の夫側の親戚だろうか。

「その荷物は何です」

若者はさつきが抱えている風呂敷包みに目を留めた。

「仕事先の芸者の着物ですけど。預かり物なんですよ」

「へえ、芸者の着物。それなら俺が家まで持っていきますよ。おりゅうを介抱するのに邪魔でしょう」

「結構ですよ」

「遠慮しないでください。ちゃんと持っていきますから」

風呂敷包みへ伸びてきた若者の手を、さつきは反射的に払った。

「これは大事なものですからね。あたしが自分で持ってます」

「そうですか」

若者は白けた顔になったが、それ以上は無理強いしなかった。自分はひとっ走り医者を呼んでくるから、先におりゅうの家に行ってほしいと駆けていった。

「そっちじゃないよ」

さつきは医者の家と反対の角を曲がった若者に言ったが、聞こえなかったようだ。

追いかけて教えてやればいいのだろうが、その元気がない。まあいいか。道に迷えば人に訊けばいい。ともかく怪我人が待っているのだからと、さつきはおりゅうの家に向かった。

が、留守だった。

日頃から預かっている鍵で戸を開け、さつきは家の中を探した。六畳と四畳半はきちんと片付き、布団の上に寝間着が畳んであった。土間には使った後の茶碗が水につけてある。

厠にも行ったが、おりゅうはいなかった。裏庭を覗いても同じ。もしや転げ落ちたのかと思ったが誰もいない。洗濯物は干したまま、おりゅうが庭へ下りた形跡はなかった。

家の周りを一巡りした後、隣を訪ねてみた。

「お出かけになったようですよ」

と、隣家の女は言う。

厠で転んだらしいとさつきが話すと、女は首を傾げた。遠縁の若者が訪ねてきたことにも気づかなかったようで埒《らち》が明かない。さつきは礼を言い、おりゅうの家に戻った。

若者が慌てて何か勘違いしたのだと思い、さつきは医者を連れてくるのを待った。どうも妙な話だが、肝心のおりゅうが留守では介抱のしようもない。若者もいつまで経っても戻らなかった。やはり道に迷っているのか。

一刻も経った頃、

「おや。今日は早いね」

先におりゅうが帰ってきた。川柳の会に行ってきたとかで、煎餅《せんべい》の包みを抱えている。上機嫌で足腰もピンシャンしている。

「厠で転んだ？　何の話だい」

おりゅうは遠縁の若者を知らなかった。嫁いだ娘の親戚にもそんな男は思い当たらないという。名前を聞き間違えたのだろう。おりゅうではなく、おしゅうとか。もしくは、さつきを別な女と人違いしたか。

そんな話をした後、いつものように飯を炊き、家の中を片付け、ついでに掃除もした。いつもと違って早い時刻に来た分、言いつけられる用事も多かったが、まあ仕方ない。

聞き間違いか人違いか、いずれにせよ無事でよかった。いつもは憎らしいと思っていても、転んだと聞けば心配する。ともかく何ともなかったのは幸いだと、さつきは大いに働いた。

おりゅうの家を出たのは日暮れどきのこと。

風呂敷を抱え、うつむき加減で歩いていたさつきは何気なく顔を上げ、空の色に見とれた。こんなふうに夕焼けを眺めたのはずいぶん久し振りだ。風もある。深く息を吸うと、縮こまっていた胸の澱《よど》みが流れていくのを感じる。

疲れているのだから早く帰ろうと思いつつ、もう少し見ていたくて足が止まった。それくらい見事な夕焼けだった。金色の飴を溶かして空へ流したみたいだ。柄にもないと思いつつ目が吸い寄せられる。ほとんど眠れないまま朝を迎え、ようやく長い一日が終わろうとしている中でいいものに出会えた。毎日あくせく生きているが、たまにこういう景色で目を洗うのもいい。

そうだ、呉服屋――。

ふと思い出し、さつきは我に返った。世知辛《せちがら》い現実にたちまち興が醒める。呑気に空を眺めている場合ではなかった。今日のうちに持ち込まないと、『松屋』を早退けしてきた意味がない。さつきは小走りに呉服屋へ急いだ。

どうにか間に合い、さつきはまめ菊の着物を呉服屋へ預けた。すぐに手拭いで処置したおかげで、きれいにできそうだと請け合ってもらった。金もそう高くつくことはないと聞き、さつきは安堵した。たくさん走って体は疲れているが、今夜はゆっくり眠れそうだ。

まめ菊の着物の件が落着しそうで、さつきは気分がよかった。呉服屋に無理を聞いてもらった感謝で珍しく殊勝《しゅしょう》な気持ちになっている。早退けした分、明日は早起きして、一日しっかり『松屋』で奉公しよう。

そう思って帰宅したさつきは、戸を開けて愕然《がくぜん》とした。

家中が荒らされている。

小さな簞笥がひっくり返り、中のものが飛び出ていた。茶碗も皿も割れている。畳が持ち上がっているのを見て、さつきは下駄を脱ぎ捨てて家に上がり、畳の下を覗いた。

やっぱり――。

隠しておいた裁縫箱がない。さつきはそこへ金を貯めておいたのだ。裁縫箱は残っているが、中は空っぽだ。

帰ってきたときの高揚が醒め、ぞっと寒々しい思いに摑まれた。泥棒に入られたのは明らかだった。おりゅうの遠縁だと言った、あの男の仕業《しわざ》だろう。あれはきっと借金取りの仲間だ。さつきが払い渋るから、利息分だけでもむしり取ろうと家捜ししたのに違いない。

畳を外されて剝き出しになった床に、さつきは座り込んだ。人のために走り回った一日の疲れが体中にのしかかり、動けそうになかった。

あんな若者に騙され、家を空けた自分の迂闊《うかつ》さが恨めしい。空にはまだ夕焼けが残っているのに、家の中は真っ暗だった。

3

よく晴れた日のこと、おちかが春らしい鶯《うぐいす》色の着物であらわれた。

「こんにちは」

「いらっしゃい、おちかちゃん」

おけいは笑顔で出迎え、正面の長床几へ案内した。絹物をまとっているものの、おちかはさっぱりと薄化粧で、紅も控えめだ。

「今日はお休みなの？」

「ええ。久し振りに寝坊しちゃった」

「よかったわねえ。お正月からずっと忙しそうだったから、たまにはゆっくりお休みを取れるといいのにって、ここでも話をしていたのよ」

おけいが言うと、おちかはまるで蕾がほころぶような笑みを浮かべた。

「お気遣いありがとうございます」

その顔が何とも初々《ういうい》しく、こちらまで釣り込まれて嬉しい気持ちになる。

「おけいさんこそ、お忙しいでしょう」

「梅が咲き出しましたからね、このところ行楽のお客さんが増えてきたわ」

「わたしも今度、梅見に行くんです。ご贔屓さんのお付き合いで」

おちかは竹町の渡しの近くの土手沿いにある、『松屋』という茶屋で、まめ菊という名で芸者をしている。去年の梅雨《つゆ》に初めて店へ訪れ、以来常連となった。月に一度か二度、座敷の合間を縫って顔を出してくれる。

人に見られる商売だからか、休みの日もきちんとお洒落をしているが、『しん』に来るときは地味に拵《こしら》えている。白粉を軽く叩《はた》き、紅をちょんとつけているのだが、可愛い娘だけに薄化粧だと顔立ちのよさが却《かえ》って目立つ。おちかがあらわれると、店の中がぱっと明るくなるのが嬉しい。

厨からおしげも出てきた。

「まあまあ、おちかちゃん。今日も可愛いこと」

「おしげさんこそ。いつお会いしてもお綺麗で」

「いつの間にそんなお世辞を言うようになったの。おちかちゃんには敵いませんよ。その着物もよく似合っているわね。本当に眼福《がんぷく》だわ」

おけいはおしげと入れ替わりに厨へ行き、桜湯を運んできた。いつもはほうじ茶だが、今日は春らしい陽気だったから、この時期らしいものにした。

「おいしい」

一口含んでから、おちかはつぶやいた。

「桜湯をいただくと、気持ちが浮き立ちますね。早く咲かないかしら。蕾がついて膨らんでいくのが待ち遠しい」

「本当にね」

おちかは楚々《そそ》とした面持ちで桜湯を飲んだ。温かなものをお腹に入れ、白い頬がほのかに色づく。

先客が立て続けに勘定を済ませ、出ていった。おしげと一緒に空いた皿を片づける間、おちかはぼんやりとした面持ちをしていた。桜湯の茶碗に両手を添えたまま、少し目を伏せている。

「ひょっとして、何かあったの？」

訊ねると、おちかは目を上げた。

「いえ」

はっと唇を持ち上げたが、着ている鶯色を映した顔にはどこか憂いが漂っている。

「遠慮しなくていいのよ。ちょうどお客さんも帰られたから、ゆっくりお話を聞けますよ」

「でも」

「一人で抱え込むのは体に毒よ。本当に遠慮しないで。悩んだ顔をしているおちかちゃんを放っておけないもの」

「わかります？」

おちかは顎を引き、わずかに上目遣いをした。

「わかるわよ」

案の定だ。やはり悩みがあるらしい。いつもはもっと朗らかな娘なのに、おかしいと思ったのだ。

「ありがとう、おけいさん。わたしったら駄目ね」

おちかは可憐《かれん》なため息をつき、苦笑いした。

「気持ちが顔に出るなんて芸者失格だわ。もっと白粉をつけてくればよかった」

手で丸い頰を押さえ、おちかは照れた。

「そのままで十分可愛いわよ。ところで、どうしたの。わたしたちでよければ話してみて」

厨から戻ってきたおしげも話に入ってきた。

「そうよ、おちかちゃん。何でも話してちょうだい。大した知恵はありませんけど、年輪だけは重ねていますからね。少しは役に立てると思うわ。打ち明けて気持ちが楽になるだけでも違いますよ」

おしげに後押しされ、おちかは口を開いた。

悩みは茶屋のことだった。下働きの奉公人の様子がおかしいのが気になっているという。

「いくつくらいの人？」

「まだ四十にはなっていないと思うんですけど」

「おけいくらいね」

正月で三十六になったばかりの娘を引き合いに出し、おしげはそんなことを言う。自分ではまだ四十の仲間入りをするつもりはないのに、意地悪な母だ。いつものことだから腹を立てるほどでもないけれど。何度もこの店へ来ているおちかはその辺りも呑み込んでいるらしく、苦笑いしている。

「おけいさんより、いくつか年上の人ですよ」

下働きはその人も含めて二人。もう一人は奉公歴が長く、姉貴分の芸者の面倒を見ることが多いから、おちかはもっぱらその四十前の下働きに世話を頼んでいたという。無愛想でそんなに手は早くないものの、真面目な奉公人だったという。それが少し前から失敗《しくじり》が目立つようになった。

「失敗というと、どんなことかしら」

おけいは訊ねた。

「着物を畳むのを忘れたり、半襟に待ち針が残ったままになっていたりするんです」

「まあ。待ち針が？」

それは大変だ。下手をすれば、着た者が怪我をする。

「おちかちゃんが心配するのも、もっともね。何があったか訊けないの？」

おちかは首を横に振った。

「無理なんです。その人、さつきさんと言うんですけど、昨日うちの茶屋を辞めたので」

「ひょっとして、わたしのせいで厄介ごとを抱えたのじゃないかしら」

「まあ」

「考え過ぎかもしれないんですけど」

「どういうこと」

細い首を傾げつつ、おちかはことの顚末《てんまつ》を話した。

昨日さつきは茶屋に遅れてきた。髪は乱れ、引き攣《つ》った顔をしており、何事かと周囲はざわめいた。どうしたのかと女将がわけを訊ねても、さつきは答えず、いきなり辞めさせてほしいと頭を下げた。皆が呆気《あっけ》に取られる中、さつきは家に戻っていった。暇をもらうために来たとは思えない様子ではあるものの、本人が意固地《いこじ》な顔で引き返していくものだから、女将も止められなかったという。

おちかがその一件を知ったのは、三味線の稽古から戻ったとき。むろん驚いた。まさか辞めるとは思わなかった。さつきには預けたままの着物がある。まだ仕付け糸がついている綸子で、半襟をつけてほしいと襦袢と一緒に渡したきり返してもらっていない。

つまり着物を取られた格好である。

「大変じゃない」

おけいは息を呑んだ。

「わたしは誤解だと思っています」

が、おちかは抑えた声で言う。

「そんな人ではないんです」

あくまでさつきを庇いたいようだ。

おちかがそう言うなら、悪い人ではないのだろう。とはいえ、奉公人が預かりものの着物を返さずに辞めるのは妙だ。

「ひょっとして着物を返せない事情ができたのかもしれません。身内の借金で困っているようだとの噂を耳にしたこともありましたし」

「おちかちゃんの着物をお金に換えたということ？」

「わかりません」

重い口振りでおちかは言う。

「いずれにせよ、追い詰められていたのは確かだと思っています。真面目な人でも切羽《せっぱ》詰まれば何をするかわからないでしょう。様子がおかしいと気づいていたのに、助けてあげられなかった」

かわいそうに、おちかはすっかり悄気《しょげ》ている。返ってこない着物のこと以上に、辞めた奉公人のことを案じている。話を聞けば、悪いのはさつきでおちかに落ち度はないのに己を責めている。

「待ち針のことも注意したら、むっとされてしまって。姉さん芸者に同じ失敗をしたら大ごとになるから、釘を刺したかったんですけど。身内の借金も抱えているらしいのに、これからどうするつもりかしら」

情の厚い娘だと、おけいは思った。迷惑をかけられたのに恨むこともなく、何があったのかと心配している。

「だったら、連れていらっしゃい」

おしげが言った。

「茶屋の女将さんに訊けば、その人の家の場所もわかるでしょう。わたしがその人から話を聞くわよ」

「――いいんですか？」

おちかが長い睫毛《まつげ》に縁取られた目を見開いた。

「もちろん。だけど、おちかちゃん。どうしてその人のことを気にするの。歳もずいぶん違うし、芸者と下働きだと仕事の中身も違うでしょう。親しくしていたの？」

おしげの問いに、おちかは考える顔になった。

「親しくはありませんでした。たぶん、嫌われていたんじゃないかしら。わたし、未熟な芸者だから。すぐに人から舐められるの」

「そんな。おちかちゃんに限って」

思わずおけいは口を挟んだ。

「わたしも母も、おちかちゃんが店に来ると嬉しいのよ。可愛い上にしっかりしていて、頑張り屋で。とても人から嫌われるようには思えない。ねえ、母さん」

「そうね。わたしもおちかちゃんのことが大好きですよ」

「ほら」

「おけいの言う通り、おちかちゃんは可愛いもの。親御さんがきちんと育ててくださったのがわかるわ」

「茶屋へ娘を売った親ですよ」

おちかが頰をふくらませると、おしげは笑ってこちらを見た。

「ね？　憎まれ口を叩いても可愛いんだもの。四十も近くなってくると、若くて可愛いだけでも憎らしいのよ」

十二のときに茶屋奉公を始めて四年。いまだ、おちかは初々しい。育ちのよさがちょっとした仕草や立ち姿にもあらわれている。若くて可愛くて、おまけに素直で。同じ茶屋で下働きをしているさつきが、羨む気持ちもわからないではない。

「でも、芸者ですよ。親の借金を抱えているのは、さつきさんと同じ」

「だから、よけいに羨ましいのよ。芸者と下働きでは茶屋の扱いも違うでしょう」

「そうですけど――」

「仕方ないわ。恵まれていれば、それだけで妬《ねた》まれることはあるもの」

「恵まれて見えるのは表向きです。胸の内側には不満や愚痴をいっぱい抱えているんですから」

おちかは上目遣いでおしげを見た。いつも朗らかな娘にしては珍しく、愚痴めいたことを口にする。

「そうみたいね」

年の功で、おしげは動じない。

「大丈夫、おちかちゃんはうまく隠せているわよ」

おしげに言われ、おちかは頬を赤らめた。

「わたし、お二人の前では鎧《よろい》を脱いじゃうんです。お座敷に出るときは、そういうものを見せないよう気をつけているんですけど」

「いいのよ、ここでは伸び伸びして。生きていれば不満や愚痴があるのは当たり前ですよ。若くても、可愛くても誰でも」

おしげはどこか含みのある口振りで答え、つとこちらを見返した。

「お前にもあるでしょう。あんまり外から見えないけど」

ふふ、と目で小さく笑う。

「え？」

「もう、この子ったら。とぼけちゃって。これだから、ついからかいたくなるのよね」

「なあに、不満のこと？」

「さっきから、その話をしているでしょ」

おしげが軽く睨んできた。

「まあいいわ。わたしも同じですよ。こんな歳になっても、まだ不満や愚痴とは縁が切れないいんだから嫌になるわ。でも、そういうものなのね」

年長者らしい口振りでおしげがまとめる。

さっきは失礼なことを言われた気がするが、むろんおけいにも不満はある。ことに新吉の一件が起きてからはずっと気苦労が絶えない。『しん』のことも。今は幸いお客がついているが、この先のことを思えば心配になる。

丸顔で得をしているのだ。膨れっ面をしても目立たない。

人からもよく、呑気そうだと言われる。

そういえば、別れた夫も似たようなことを言っていた。

(お前はいつも幸せそうだな)

商売が難しい時期で、夫が毎晩遅くまで店に詰めていた頃だ。帰るなり、そんなことを言われたことがある。

幸せなものですか——。

そのときはお腹の中で反発した。その当時、実家では亡き父の善左衛門と新吉が揉めていた。夫の目にどう映ったか知らないが、おけいは悩んでいたのだ。

その後、新吉は刃傷沙汰《にんじょうざた》を起こして江戸十里四方払いとなった。辛かったのは、おけいだけではない。瀬戸物町で飛脚問屋を営んでいた『藤吉屋』が潰れ、主の善左衛門が死ぬと、美人女将と誉《ほま》れ高かったおしげはやつれ、一時は見る影もなくなった。

よくここまで立ち直ったと思っていたけれど、それは表向き。そういうものだと自分でも言う通り、おしげは胸のうちに辛さを隠しているはず。

「愚痴だって何だって、話せば楽になることもあるの。わたしはこの店がそういう場になればいいと思っているのよ」

おしげは物言いはきついが、いつも熱心に人の話を聞く。悩んでいる人を馬鹿にしたり、軽んじることはなく、ときには一緒に泣いたりする。そうやって自分のことも慰めているのだと思う。

「ご馳走さまでした」

桜湯を飲み終えたおちかの顔からは、憂いが消えていた。近々さつきを連れてくると約束して帰っていった。

どんな人だろう。

おちかを嫌うと聞き、顔を見る前から興味が湧いた。四十前ともなれば、抱える悩みも多いはずだ。お金のことや家のこと。おけい自身、呑気に見える顔の裏では様々考えているのだから。

4

疫病神《やくびょうがみ》の太吉がいきなり帰ってきた。泥棒に入られた次の日、おりゅうのところから戻ってきたら家にいた。

「おう」

勝手に上がり込み、火鉢を使い胡座《あぐら》を掻いている。

ぼんやりとした灯りの中に貧相な顔が浮かんだ。白髪が増えて皺も寄り、すっかり年寄りになっている。

「元気そうじゃねえか。まともに暮らしているみてえで安心したぜ」

太吉は相変わらず身勝手だった。娘に苦労をかけたことを棚に上げ、当たり前の親みたいな口を利く。

さつきは黙って家に上がり、湯を沸かした。

「気が利《き》くな」

お茶を淹れてもらえると思ったのか、太吉は上機嫌だった。長く留守にしていた家に戻った途端、娘に歓待されて嬉しいのだろう。が、太吉に茶など淹れてやる気はない。自分のためだ。茶屋におりゅうの世話と、二つの仕事を掛け持ちしている体を少しでもいたわろうと、さつきは寝る前に白湯を一杯飲むことにしているのである。

いったいどうして戻ってきたのか。何の企みだ。湯が沸くのを待つ間、さつきは考えた。これまでの行状《ぎょうじょう》を悔いて詫びに来たはずがない。

となると、やはり金か。

決まっている。娘に博打の借金を押しつけた挙げ句、さらにたかりに来たのだ。

図々しいにも程がある。

湯が沸くと、さつきは自分の茶碗に注いだ。

「白湯か。どうせなら茶にすればいいのによ」

太吉が文句を言っても無視した。

「俺の分も淹れてくれ」

さつきが白湯を啜ると、太吉が空の茶碗を突き出してきた。

「………」

「無愛想な奴め」

返事をしないでいると、太吉は聞こえよがしな悪態をついた。さつきは耳に蓋をした。不機嫌な声を出される謂《い》われはない。そもそも借金を作って飛び出し、母が死んだときにも顔一つ見せなかった父親だ。偉そうにできると思うのが大間違い。太吉は舌打ちし、大きな音を立てて茶碗を置いた。こういう粗暴なところが子どもの頃からひどく嫌だった。

「ところで、お前。茶屋勤めらしいな」

太吉がおもねるような口振りで言った。

「いい店か」

「お父つぁんと世間話をする気はないよ」

「そんなんじゃねえ。お前、そこで芸者をやれねえのか」

いきなり何を言い出すのだと思った。芸者だって。自分の娘がいくつかも忘れたのか。

「いや、真面目な話だ。お前に稼いでもらわねえと困るんだ」

「また金の話？」

うんざりして、さつきは上を向いた。

「俺を助けると思って、どうにか頼んでみてくれよ。お前でも、化粧《けわい》をすればどうにかなるだろ」

「ならないよ」

さつきは吐き捨て、腰を上げた。こんな家にいては白湯を飲む気にもなれない。茶碗を置き、さつきは近所の風呂屋へ行った。ゆっくり汗を流し、髪を洗って家に戻ると、太吉はひと組しかない布団を敷いて寝ていた。さつきは無言で掛け布団を剝《は》がした。

「何するんでえ」

暗闇で太吉が唸ったが、さっさと部屋の隅で布団をかぶった。早く寝ないと次の日に差し支える。取り返そうとするかと思ったが、太吉は諦めたようだ。しきりにくしゃみをしていたが知ったことか。

翌朝は薄暗いうちに起き、さつきは冷や飯を搔き込んで仕事に出た。

その日、おりゅうの家に寄ると、心配された。

「どうしたんだい、疲れた顔して」

敷き布団なしで寝たことは伏せておいた。

おりゅうも太吉の行状を知っている。帰ってきたと知れば、娘のさつきとも隔てを置くだろう。このまま太吉が居座るようなら家を出たほうがいい。どうせ畳の下の貯金も盗《と》られたのだ、捨てて惜しいものなどなかった。

『松屋』に頼めば住み込みもできるはずだ。茶屋奉公に首まで浸《つ》かるのが嫌で、これまで通いできたが、いざとなれば寝泊まりする場はある。そう思うと心強かった。

せいぜい真面目に働き、長く居させてもらいたいものだ。

それなのに、さつきはまた失態をしたのである。

「半襟付けはできましたか」

仕事を始めるなり、まめ菊に催促された。

「今度の座敷であれを着るんです」

顔から血の気が引いた。

どうしよう――。

あの着物は呉服屋に預けてある。近々座敷で着ると知っていたから、呉服屋にも急いでくれと頼んであったのに、太吉が戻ってきたせいで、うっかり取りに行くのを忘れていた。さつきはどっと冷や汗をかき、この場をどう誤魔化したらいいか考えた。

「取ってきます」

しどろもどろで返し、さつきはまめ菊から逃げた。来た足で引き返し、おまさに頭を下げて抜けさせてもらい、呉服屋へ急いだ。それが二日前のこと。

ありがたいことにきれいに染みは取れていた。持ち合わせがなかったから『松屋』の名を出し、給金が入るまで支払いを待ってもらうことにも了承を得られた。呉服屋は親切で、半襟を付けてくれていた。これでどうにか面目が立ちそうだ。さつきはまめ菊の衣装を抱え、早足に『松屋』へ向かった。

染み抜きの手間賃は痛いが、ともかく座敷には間に合う。

さつきは泣きそうなくらい安堵した。住み込みをさせてもらいたいとも考えているのだ、『松屋』の仕事は大事にしなければならない。早く戻ってまめ菊に衣装を渡してしまおう。この衣装のせいで大変な思いをしたのだから。

歩いているうちに日が高くなってきて、眩しくなった。川沿いの道は風が強く、照り返しがきつかった。まだ人影はまばらで、あくせくと歩いているのはさつき一人。『松屋』が見えてきて、あと少しという気になった。

「さつきさん」

そこへ後ろから声をかけられた。

振り返ると、船頭の惣太がこちらへ手を振っている。ちょうど竹町の渡し場へ着いたところらしい。さつきが足を止めると、惣太は笑顔で近づいてきた。

「お使いですか」

「ええ、そんなところ。惣太さんはこれからお仕事?」

「今日はいい天気だから稼がないと」

「そうなの」

偶然顔を合わせ、惣太は浮き立っているようだ。今日は稼がないと、と言う目に力がある。自分はいい亭主になると、さつきに訴えているつもりなのかもしれない。照れ笑いで返した後で思った。そうだ、自分には惣太がいる。住み込みを断られたら、こちらからそれとなく誘いをかけてみようか。

道の向こうから男が歩いてきた。

「ご機嫌そうで」

咄嗟にうつむいてにやけ笑いを隠すと、目の前で足を止めた男がそう言った。顔を上げると、借金取りだった。

「な、何でこんなところに」

「金を返してもらいに来たに決まってるだろ」

借金取りは威圧的な面持ちで、さつきを見下ろした。今し方『松屋』へ行ってきたのだという。むろん、さつきを脅すためだ。そこまでするのかと目の前が真っ暗になった。

すれ違う野次馬がちらと振り返っていく。

「いつ返してくれるんだい」

人目があるのも構わず、借金取りは大きな声を出した。さつきは首を縮めつつ、助けを求めて周りを見渡した。辺りには数人の男女がいたが、目が合うとそっぽを向く。その中に惣太がいるのを見つけ、さつきは絶望的な気持ちになった。

こういうのを蛇に睨まれた蛙《かえる》というのだろう。借金取りに凄まれ、さつきは全身から脂汗を流した。手と足が震え、声も出ない。

「それは何でえ」

借金取りはさつきが抱えている風呂敷包みに目をつけた。乱暴な手つきで無理やり奪い、包みを解いた。

「へえ。いい値になりそうだな」

「返してください」

震える声で頼んだが、借金取りには届かなかった。

「大事な着物なんです」

「だったら、これで金を借りろよ」

借金取りはさつきの襟首を摑み、歩かせた。風呂敷包みを取られているから逃げられない。

どこへ行くかと思えば、質屋だった。

「利息分だけでも返してもらわねえと」

「でも、これはあたしの着物じゃ――」

「うるせえよ」

苛ついたのか、借金取りはさつきの頬を張った。その弾みで下駄の鼻緒《はなお》が切れ、地べたに転がる。

「何度言わせりゃ気が済むんだ。金を返せ。てめえの父親はまともに払う気がないんだからよ。緑青《ろくしょう》が吹いたような小銭を集めて寄こしたが、利息にもならねえ」

さつきに風呂敷包みを投げ返し、借金取りが凄む。

「いいから行ってこい。父親がどうなってもいいのか？」

張られた頬がじんじん痺《しび》れており、抵抗しようという気が失せた。さつきは半ば茫然自失《ぼうぜんじしつ》といった態で、質屋へ蹴り込まれた。

「これっぽっちか」

借りてきた金を渡すと、借金取りは鼻で笑った。

「また来るぜ」

捨て台詞を残して去っていく。

どうしよう――。

さつきはその場にうずくまった。大変なことをしてしまった。いくら脅されたからといって人の衣装を質草《しちぐさ》にするとは。取り返す当てもないのに不義理もいいところだ。

それからどうしたのか、気づけばさつきは道端で膝を抱えていた。自分のしでかした過ちに打ちひしがれ、立ち上がる気力もなかった。いっそ死んでしまおうか。それでもいい。太吉の借金はこれからも続く。また近々怖い目に遭わされるのは見えている。借金取りは『松屋』にも行ったのだ。家の恥を知られた屈辱と、この先の不安で泣きたくなる。

すると、目の前に人影が立った。もしや借金取りが戻ってきたのかと震えたが、違った。まだ若い男だ。

「――すみません」

往来の邪魔になっているのかと、慌てて立ち上がると、男は手拭いを差し出してきた。

「口の横のところ。血が出てます」

色褪《いろあ》せているが、清潔な手拭いだった。男の手もきれいだった。指が長く、爪をきちんと切ってある。借金取りに叩かれた拍子に切れたのだろう。みっともない。血が出ているとは気づかなかったが、さつきはかぶりを振った。

「汚れますから」

「構いませんよ。使ってください」

男はさつきの手を取り、手拭いを持たせた。男は黙って傍に立った。それとなく野次馬の盾になってくれているのだ。

どこの誰かは知らないが、今から仕事へ行くところかもしれない。足を止めては迷惑だと思って、さつきは立ち上がった。その途端、目眩《めまい》がしてふらついた。咄嗟に伸びてきた男の腕をさつきは拒んだ。

「大丈夫ですから」

見たところ、男はさつきより年下である。三十二か三。野次馬に隠れて目を逸らした惣太と同じくらいの歳だろう。そんな男にみっともない顔を見られ、同情されるのが辛かった。

それでも男は立ち去ろうとしなかった。

「少し休んだほうがいいです」

と、さつきを川原へ連れていき、杭《くい》につないである舟の上で休ませた。男は水を買ってきてくれ、さつきに飲ませた。砂糖入りの甘い水である。口の中の傷にしみて痛かったが、飲むと人心地ついた。

「船頭さんなんですか」

「はい」

男は土手に腰を下ろしていた。川の照り返しで眩しそうに目を細めている。同じ船頭でもこちらは親切だ。惣太よりずっといい。顔立ちが整っているし品がある。日に焼けて、粗末な木綿ものを着ているが、それが却って感じがいい。

こんな人と所帯を持てたら、と思った傍から自嘲する。

借金取りに殴られ、痛い目に遭ったばかりなのに、何を言っているのか。

逆の立場になって考えれば、惣太が逃げるのも道理。父親の借金を抱えている厄介な女と、関わりたい男がいるものか。下手に近づけば、あの借金取りに目をつけられないとも限らないのだから。冷たいと誹《そし》ることはできない。自分が惣太でも、きっと同じことをしていた。

いずれにせよ、もう終わった。川風に煽られながら、さつきはため息をついた。

「家はどちらですか」

控えめな口振りで男が訊ねた。

「川の向こうですけど」

何のためにそんなことを訊くのかと、さつきは訝《いぶか》しんだ。怖い目に遭ったせいか、用心深くなっている。

「でしたら、向こう岸まで渡しましょうか」

「いいですよ、そんな。勿体ない」

「大した手間じゃありませんから」

「でも、お代を払えないし」

「いりません」

拒みつづけるさつきに、船頭が言う。

「裸足で家まで歩いたら怪我しますよ」

言われて初めて、さつきは自分が裸足だと気がついた。鼻緒が切れた下駄はどこへ行ったのやら、足は埃《ほこり》まみれで爪が割れている。船頭は親切で言っているのだ。それを疑った自分の狭量さに決まり悪くなる。

「本当にいいんですか」

「はい」

船頭は舟に乗ってきた。姿勢がいい。体つきと同じで、艪を漕ぐ手つきはしなやかで無駄がない。さつきはこっそり船頭の一挙手一投足を盗み見た。

「あたし、そこの『松屋』で下働きの女中をしております、さつきという者です」

舟が出てしばらくして言った。

「おかげで助かりました」

「いえ」

「手拭い、洗って返します。あと、お水のお代も」

「いいですよ。気になさらないでください」

「でも、それじゃあんまり――」

「本当に。たまたま通りかかっただけですから」

さつきの知る男は、父親の太吉と元夫、それから惣太くらいである。皆、上《うわ》っ面《つら》はいいが、いざとなるとさつきを置いて逃げ出した。そんなものだと思っていたが、世間にはこんな男もいるのだ。

「あなたでなくても俺は同じように言います。自分もこれまでいろんな人に助けてもらいましたから。その恩を別の人に返したいだけですよ」

「へえ」

「まあ、母親の受け売りですけど」

「それはいい親御さんだわ」

「怖い人でしたけどね。口やかましくて。でも、きっと今日あの場にいたら、俺と同じことをするはずです」

「羨ましい」

ため息が漏れた。

さつきの母なら、野次馬の一人になって息をひそめていたに違いない。意気地《いくじ》のない人だったから。ろくでなしの夫を持ち、娘を育てていく身の上では仕方ないとも思う。

自分は狭量だが、この船頭は鷹揚《おうよう》過ぎる。親切にできるのは余裕がある証。不幸な者は自分を守るので精一杯で、とても他人に構っていられない。

なるほど船頭の母親は立派だ。ありがたい教えだとつくづく思うが、とても真似できない。そんな綺麗事を口にできるのは幸せな者だけ。人に助けられた恩を別の者に返すなど甘い戯言《ざれごと》だ。助けてもらっておきながら、さつきはひねくれたことを思った。

向こう岸につき、さつきは船頭に礼を言って舟を下りた。

昼寝をしていた太吉は、帰ってきたさつきの顔を見てぎょっと顔を歪めた。が、それだけだった。その怪我はどうした、誰にやられたと、訊ねてくることもなければ、医者へ行けとも言わなかった。どうせ借金取りの仕業と見当がついているのだ。黙っているのはバツが悪いからだろう。

土間の端にあった履き古しの下駄を突っかけ、さつきはすぐに家を出た。前から承知していたとはいえ、あらためて父親の薄情さに涙が出てきた。いったい誰のせいでこんな目に遭ったと思っているのか。通りがかりの船頭の親切が今になって身にしみる。

さつきは家にあった履き古しの下駄を履き、おりゅうの家に行った。手間賃を前借りさせてほしいと頼んだが断られた。頭を下げても無駄だった。わけを打ち明けると、「太吉さん、戻っているのかい？」と警戒する顔になった。

駄目元で来てみたが、やはり追い返された。安い手間賃で世話をしたくらいでは、恩を売ったうちに入らないのだ。そうだろうとは思っていたけれど。まめ菊には別の衣装で出てもらうほかにない。困る顔を目に浮かべると、さすがに胸がちくりと痛む。

次の日、さつきは『松屋』へ行って女将に暇をもらった。まめ菊は稽古に行っているとかで留守にしていた。仕方ない。また来よう。さつきは最後の給金を手に『松屋』を後にした。

その日はおりゅうの家にも寄らなかった。二度と世話などするものか。さんざん安い手間賃でこき使われてやったのに、いざというとき小金も貸してくれないようでは恩を売る甲斐がない。

文句を言われるだろうけど――。

知ったことか。家までの道が長く、昼前から眠気とだるさで気を失いそうだ。さつきが来るのを待つおりゅうの顔が浮かんだが、とても行けそうになかった。

家に戻ると戸が開いていた。太吉がいなくなっている。

逃げたのだ。

すぐにピンときた。さつきが顔に傷を作ってきたのを見て、自分の身を危ぶんだのだ。今になり、借金取りが言っていたことが腑に落ちた。畳の下の金を盗んだのも太吉だ。緑青の噴いた小銭とは、さつきが子どもの頃から貯めていた金のこと。留守の間に家捜しをして借金取りに渡したのだろう。おりゅうの遠縁と名乗った、あの男は借金取りの仲間で、さつきが邪魔をしないよう、太吉の代わりに家を見張っていたのだ。

まったく血も涙もない。あんな男は父親じゃない。消えてくれて清々《せいせい》する。給金をもらう前に出ていってくれたのが、せめてもの娘孝行。これを取られたら、いよいよ首を括る羽目になっていたところだ。

ああ腹が立つ。

清々した、と喜んでいる場合ではない。結局、さつきは一人きり。誰も助けてくれないのだ。借金したのは太吉なのに、おりゅうも借金取りもまるで悪いのはお前だと言わんばかりの態度を取る。

太吉が昼寝していた布団は、饐《す》えて嫌な匂いがしたが構わず倒れ込み、さつきは泥のように眠った。

それが昨日のこと。

5

次の日。

昼前に『松屋』へ行くと、まめ菊がいた。稽古へ行くときいつも着ている紬《つむぎ》に蒲公英《たんぽぽ》色の帯を締めていた。手には着物と同じ生地《きじ》で作った、小さな袋を提《さ》げている。

まめ菊はさつきと目が合った途端、わずかに眉をひそめた。

「すみません」

責められている気がして、つい頭を下げてしまう。

「どうして謝るんです」

咎めるような目で人を見ておきながら、こちらが詫びると不思議そうな顔をする。

相変わらず鬱陶《うっとう》しい娘だと思った。

「決まってるでしょ、衣装を預かったまま辞めたからですよ」

昨日までは奉公人だったから丁寧な口を利いていたが、今はもう違う。さつきは鼻から息を吐き、風呂敷包みを押しつけた。

「これ。遅くなりましたけど、半襟付けましたから。綸子の着物も入っています」

「そのために来たんですか」

「そうですよ。何でしたら、この場で開いて確かめてくださいな」

後で文句をつけられては堪らない。そう思ったが、まめ菊は風呂敷包みを開かなかった。

「さつきさんのお仕事なら安心ですから。それより、そのお顔、どうしたんです」

「ちょっと、ぶつけただけですよ」

「本当ですか」

「本当ですよ。嘘ついてもしょうがないでしょ」

心配そうに顔を覗き込んでくるのが煩わしい。憮然とした面持ちで黙り込んだまめ菊をさつきは睨みつけた。借金取りの手が当たったのだから嘘ではない。

今朝、起きて鏡を見たら口の端が切れて、青痣《あおあざ》になっていた。白粉でもつければ少しは隠せるのだろうが、あいにくそんなものは持っていない。

「じゃあ、あたしはこれで」

「待ってください」

踵を返した背をまめ菊の声が追いかけてくる。

「もうご飯は召し上がりましたか」

うんざりして振り返ると、まめ菊が言った。

「何で？」

「よろしければご一緒しましょう。ご馳走しますから」

「遠慮しますよ」

「半襟を付けてくださったお礼です」

「頼まれたからやっただけ。衣装は芸者の命でしょ」

さつきは切り口上に言った。

「いいじゃないですか。ご飯を食べるくらい」

「もうあたしは『松屋』の女中じゃないよ」

野太い声で抗いつつ、さつきの足は止まっていた。さっさと行けばいいものを、ご馳走と聞いて腹の虫が鳴き出したのだ。昨日は家についてすぐ眠り、朝も起きるのが遅かったから、何も食べていない。ご馳走してくれるというなら、ついていってもいい。生意気な娘と差し向かいになるのは億劫《おっくう》だが、一食浮くのは助かる。

まめ菊が隣に並び、嫌になるくらい可愛い声で言った。

「さあ、行きましょう」

連れていかれたのは橋場の渡しの傍にある一膳飯屋だった。小さな店構えで、全体に古く、『しん』と記された白木の看板ばかりが目立っている。

ここかい——。

正直、拍子抜けだった。人気芸者がご馳走するというから、てっきり料亭か何かだと思っていた。尻尾を振ってついてきたさつきを小馬鹿にしようという魂胆かもしれない。舐められたものだと、早くも後悔の念がよぎる。

「いらっしゃいませ。——あら、おちかちゃん」

暖簾をくぐると、ふっくらした女が出てきた。歳はさつきより三つか四つ下か。丸い頬に笑窪を浮かべている。目が合うと、女はこちらに会釈《えしゃく》した。来るんじゃなかったと、咄嗟に思う。こういう女は苦手なのだ。近づくと、ほんのりいい匂いがして虫唾《むしず》が走る。

まだ開けたばかりなのか、店の中は無人だった。女はまめ菊とさつきを正面の長床几へ案内した。外から見るより、中は小綺麗にととのっている。格子窓から明るい陽が注ぎ、床が光っている。

店には埃一つなかった。茶屋で下働きしていたさつきの目にも、きちんと掃除が行き届いているのがわかる。

すぐに熱いほうじ茶が運ばれてきた。

「今日はお稽古帰り？」

「はい」

まめ菊はこの店に通い慣れているようで、女とも親しそうに話している。

「この方は若女将のおけいさん」

掌で女を示してまめ菊が言った。

「こちらはさつきさん。うちの茶屋で奉公してくださっていた方」

「まあ、そうなの。はじめまして、さつきさん」

挨拶をした後、おけいは気遣わしいような目でこちらを見た。

年下と思ったけれど、もしかすると同じくらいの歳かもしれない。さつきはおけいの目尻の皺を目敏《めざと》く見つけた。肥っているから一見若々しいけれど、よく見れば尻の大きい中年女だ。

壁には献立表が貼ってあった。魚を食べさせる店のようだ。今の時期らしく鰆《さわら》や虹鱒《にじます》、目張《めばる》の名が並んでいるが、目を惹《ひ》いたのは献立の中身より貼紙の字だった。妙に達筆で寺子屋の手本みたいだ。

まめ菊がこちらを見た。

「何を食べましょうか」

「おちかって？」

「わたしです。まめ菊は芸者をしているときの名ですから」

「へえ」

初めて知った。おちかだって。いかにもこの娘らしい小洒落た名だ。

「ここは好きなおかずを作ってくれるんですよ」

「ふうん」

だったら懐石料理でも頼んでやろうか。一度も食べたことがないけど。

「ご飯もお客に合わせて炊いてくださいます。硬めでも、柔らかめでも。どちらがお好きですか」

「さあ」

そんなこと考えたこともない。変な店だ。こんな一膳飯屋で米の炊き加減を気にしてどうするのか。ご飯など温かければ十分。ご大層な米でも出してくれるのならともかく。

「それなら硬めにしましょうか」

さつきが返事をしなくても、まめ菊は一人で朗らかに喋っている。

「おかずは何にしようかしら。今日はお天気がいいから春めいたものを食べたいわ。鰆にしようかな。塩焼きにしてもおいしいものね。ねえ、さつきさん。鰆は好き？」

「食べたことないよ」

魚など、めったに口へ入らない。朝も夜も大抵ご飯に納豆をかけて済ませ、昼は持参した塩握りを食べていると話すと、まめ菊は恐縮したふうに黙り込んだ。

「まあまあ、おちかちゃん」

ひときわ華やかな声がして、厨から別の女が出てきた。この店の女将だろう。歳は取っているが美人だ。化粧気もなく、地味な木綿を着ているのに、『松屋』の女将より綺麗に見える。

「こんにちは」

女将がさつきに目を留めた。

「はじめまして。わたくし、この店の女将のしげです。おちかちゃんのお知り合い？　茶屋の方かしら」

「そうなの。さつきさんです」

まめ菊が答えると、おしげはうなずいた。仕草がいちいち上品で鼻につく。さつきは無言で茶碗へ手を伸ばした。つまらない挨拶や世間話はいいから、さっさとご飯にしてもらいたい。おしげにも顔を見られているのを感じ、さつきはうつむいた。そのせいか手許が狂い、茶碗を倒した。

「さつきさん！」

まめ菊が悲鳴を上げ、慌てて懐紙を出した。

「火傷《やけど》しませんでしたか」

うろたえた様子で言い、手や袖を拭いてくれる。

「大丈夫だから」

居心地が悪くて引っ込めようとしても、まめ菊は離さなかった。小さな手だ。白くて柔らかい。赤黒くて手の甲が膨れた、さつきの手とは大違いだ。

「着物が汚れるよ」

「そんなこといいんです」

「本当に平気だから。火傷なんてしないよ。あたしは手の皮が厚いからね」

少し茶をかぶった程度で騒ぐことはない。そう思ったが、まめ菊はさつきの手をしげしげと眺めた。手の皮が厚いと言ったのを本気にしたのか。あかぎれやひび割れだらけの手が恥ずかしくて、さつきは強引に手を抜いた。

まめ菊は袋の中から小さな容《い》れ物を取り出した。おはじき程の大きさで、蓋に千《ち》代紙《よがみ》が貼ってある。

「お薬です。使ってください」

そっと差し出してまめ菊は言う。

「わたし、三味線やお琴のお稽古で指先を傷《いた》めることが多いので、いつも持ち歩いているんです」

「いいですよ。高価な物でしょう」

さつきは手を背に回して隠した。

「よく効くお薬ですから」

「あたしにくれたら、あんたが困るでしょうに」

「またお医者さんからもらいます」

体ごとこちらへ向き、まめ菊は真剣な面持ちをした。

「血が出ているじゃないですか」

「いつものことですよ」

さつきは横を向いた。こんな長い睫毛の生えた目でまともに見られたら、女でも顔が赤くなりそうだ。

「ちゃんとお薬を塗らないと。放っておいたら、よけいにひどくなります」

「そのうち治ります」

「そのうちじゃ困るわ。そんな指で針仕事をしたら、血で着物を汚されちゃう」

ひどいことを言う。指のひび割れを心配したわけではないのか。さつきは呆気に取られ、まめ菊を横目で睨みつけた。

てっきり意地悪な顔をしていると思ったのに。

「やっと、こっちを向いてくれた」

まめ菊は優しい目をしていた。

「お願いだから、使ってください。着物の染みのこと、呉服屋さんに聞きました。

きれいにしてくださって、どうもありがとうございました」

あらためてさつきの手を取り、掌に薬の容れ物を載せる。

「容れ物ごと差し上げます。わたしはいくつも持っていますので。朝と晩に指先へ揉み込むように塗ってくださいね」

馬鹿な娘だと、思った。

さつきは大事な衣装を質草にしたような女だ。親切にする価値などない。今回たまたま返せたのは幸いだったが、あれは運がよかっただけ。さつき自身はすっかり諦め、流すつもりでいたのだ。いっそ自分は泥棒だと打ち明けようかと思ったら、まめ菊が腰を上げた。

「ごめんなさい。誘っておきながら申し訳ないけれど、わたし戻らないと。女将と話があるから」

ぽかんとして口を開けると、

「さつきさんを住み込みにしていただくよう頼もうと思って」

まめ菊は思いもよらないことを言い出した。

「何で――」

どうしてまめ菊がそんな骨折りをするのだ。そもそも、さつきは昨日で『松屋』

を辞めた身である。

「わたしの父親にも借金があるんです。『松屋』へ来たのもそのせい。そんな親と一緒に暮らせないでしょう」

「………」

「女将さんもわかってますよ。あそこにいるのは、みんなそういう事情を抱えた女ばかりですもの。住み込みになれば、借金取りが来ても店の人が追い返してくれるから安心です——。おけいさん、お代はわたしに付けておいていただけますか」

そう言うと、まめ菊は慌ただしく店を出ていった。

「何になさる？」

残されたさつきが身を硬くしていると、おしげが話しかけてきた。

「よろしければ太巻きはいかが？　今日はいい穴子《あなご》が入ってきたのよ。烏賊《いか》もありますし。たっぷり作って、余ったらお土産に持っていらっしゃい」

さつきはうなずけなかった。

「太巻きはお嫌い？」

無言でかぶりを振る。

「好きも嫌いも——。口に入れれば何でも。ずっと、そういう暮らしだったから」

「お嫌いではないのね」

「はい」

こくりと首を縦に振る。

「だったら、よかった。おちかちゃんの分も召し上がってくださいな」

おけいがほうじ茶を淹れ直してきた。

「どうぞ」

つい手に目がいく。飯屋の若女将にしては綺麗だ。指先は多少かさついているが、ささくれ一つない。おけいは茶を運ぶだけで、自分では水仕事をしないのだろう。厨には誰か別の者がいるのだ。

まめ菊に持たされた薬の蓋を開けると、おけいが言った。

「本当に効きますよ、そのお薬。わたしもおちかちゃんにもらって、使っているんです。それまでは手荒れに悩まされていたんですけど、すっかり治りましたもの」

「今では手放せないわね。おちかちゃんのおかげだわ」

おしげも使っているらしい。二人で互いの手を見せ合っている。

馬鹿らしい――。

ふと口許が弛んだのを見咎められた。

「あら、なぜ笑うの？」

澄まし顔を傾げ、おしげが言う。

「いえね。笑ったつもりはないんですけど。お人好しだなと思って」

「誰のこと？」

「まめ菊さんですよ。あたしなんかに高い薬をくれて、おまけにご馳走してくれるなんて酔狂《すいきょう》もいいところ。だって、あたしは泥棒ですよ。芸者の大事な衣装を質に入れたような女へ親切にするんだから、お人好しでしょうよ」

さつきは父親の借金の形《かた》に、まめ菊の衣装を質へ入れたことを話した。

お人好しはまめ菊だけではない。あの船頭もそうだ。昨日、さつきが最後の給金を手に質屋へ行ったら、既に金が返されていた。いずれさつきが来たら渡してやってほしいと、金を払っていったそうだ。あの親切な船頭だとすぐにわかった。風体を伝えたら、質屋もその男だという。船頭は手拭いだけでなく、行きずりのさつきのために黙って金まで貸してくれた。

「お父さんの借金を肩代わりさせられて大変だったわね。口の脇の痣も借金取りにやられたのね」

と、おしげは慰めるように言う。

そんな話をしたのではない。さつきは自分が泥棒だと言いたいだけだ。どうも、この店の女たちと話すと調子が狂う。

「でも、質に入れたのは借金取りじゃない。あたしが自分で入れたんだ」

「脅されたなら、借金取りがしたのと同じですよ。無理やり質屋へ連れていかれたのね。怖かったでしょう」

「別に。借金取りには慣れてますから」

強がりを返したが、思い出すと今でも総毛立つ。凄まれたときには、まったく生きた心地がしなかった。あの船頭が助けてくれなければ、どうなっていたことか。

「世間には、案外お人好しがいるもんですね」

さつきは思い出したついでに、親切な男の話をした。

縁もゆかりもないさつきを助けてくれた、ちょっといい男。同じ船頭でも、知り合いの惣太とは大違いだった。が、男が船頭で、ただでさつきを舟に乗せてくれた上に、まめ菊の衣装を質屋から請け出してくれたことは黙っていた。

ここで話したことは、後でまめ菊の耳に入るのだろう。

『松屋』ではお客の送迎に舟を使う。どこでまた、あの船頭と顔を合わせないとも限らない。まめ菊も顔を知っているかもしれない。うちの下働きに親切にしてくださったそうですね、などと礼を言われでもしたら面倒だ。

あの手の男には、どうせ可愛い女房がくっついているのだろう。器量よしの子もいるかもしれない。助けてくれたのはありがたいけれど、近づきにはなりたくない。ご立派すぎて、見ていると腹が立ちそうだ。

「変な人でしょう。まったくの行きずりの他人なんですよ。名も知らないし、次にどこで会えるかもわからない。そんな相手のために金を出すなんて、正気とは思えませんよ。自分が助けてもらった恩は別の人に返すなんて、神様や仏様じゃあるまいし」

世の中には妙な人もいるものだ。そう思ったのだが、ここにも同類がいた。

「あら。わたしも自分の子に、同じことを教えましたよ」

おしげは人の好さを丸出しにして言う。

「困っている人を見たら親切にしなさい、そうすれば、その人が次の人に同じことをするだろうから、って。ねえ？」

おけいがおしげの傍らでうなずく。

「巡り合わせですもの。そういう人が周りに増えれば、いつか自分に親切が返ってくることもあるでしょうし」

虫唾が走る考え方だ。さつきは眉をひそめた。

「そういう理屈なら、意地悪も返ってきますけどね」

この世がそんなにいいものなら、これほど苦労させられるものか。さつきはそう思うのに、おしげは涼しい顔をしている。

「それは因果応報《いんがおうほう》ね。自業自得《じごうじとく》と言い換えてもいいけれど。意地悪をすれば、やり返されても仕方ありませんよ。それと同じこと。親切も返ってくるんです」

だったら――。

どうして、おりゅうは親切を返してくれないのだ。太吉もそうだ。借金を返してやっても礼も言わない。周りにいるのはそんな奴ばかり。それもさつきの自業自得だというのか。

悔しくなってきて、大きく息を吸ったとき。

「お待ちどおさん」

瘦せた年寄りが大皿を手に厨から出てきた。

「太巻きができましたぜ。――何だ、妙な空気だな」

年寄りは店を見渡し、首を傾げた。

「どうせ、おしげさんが口うるさいことを言ったんだろ」

慣れているのか、年寄りはそんな口を利いた。

「まあ仲直りして食ってくれよ」

さつきは黙って腰を上げた。大皿には海苔と玉子で巻いた太巻きが山ほど載っている。食べたいのは山々だが、こんな幸せ者の説教を聞きながらでは消化に悪い。

「包んであげてちょうだい」

おしげが年寄りに言った。

「よかったら、お家で召し上がってくださいな。おちかちゃんの心遣いだもの」

年寄りは大皿を持って厨へ引き返した。持ち帰れるよう包んでくるという。おけいもついていった。

店でおしげと二人きりになった。

「お薬、つけてみたら？　体が温まると痛むでしょう」

さつきは膝の上で組んだ指をほどいた。また血が出ている。おしげの言う通りだ。火鉢に当たっていると、あかぎれはひどく痛む。さつきは素直に容れ物の蓋を開け、薬をつけた。

「おちかちゃんがあれこれ試して、これが一番と言っている薬ですからね。すぐに効くわよ」

まめ菊が白い指に薬を塗っている姿を目に浮かべた。あの娘は毎日せっせと稽古に通っている。まだ十六なのに上手だという話だ。三味線も琴も指で細い弦を押さえる。指先が割れることもあるだろう。

あの娘も父親の借金に苦労したのか。いかにも楚々としたお嬢さんという感じで、とてもそうは見えないけれど。そんな親とは一緒に住めないと言っていた。

真面目で、頑張り屋で。まっとうなところが嫌いだった。顔の作りは別として、昔の自分もあんなふうだったから。父親が借金を作るまで、さつきは幸せな子どもだった。

太吉は左官職人としての腕はよかったのだ。家には金があり、さつきにも三味線と小唄を習わせていた。芸者になれと言ったのも、それを覚えているからだ。子ども時代が幸せだった分、さつきは今の境遇が辛い。もう太吉は昔とは別の男だ。借金のせいで変わってしまった。

そういう父親がいても、まめ菊は可愛い。気持ちも優しい。さつきが素《そ》っ気《け》ない態度を取っても嫌な顔をせず、着物の世話を任せてくれた。あの下働きは態度が悪いと女将に言いつけ、辞めさせることもできるのに。

さつきは自分の指を撫でた。

「胸の内側についた傷も、薬をつけて治せるといいわよね」

その様子を見たのか、おしげが小さな声でつぶやく。

「着物を質に入れたことを知っても、おちかちゃんは怒ったりしませんよ。ああ見えて苦労人ですからね。追い込まれた者の気持ちは十分わかっていると思うわ」

そうかもしれない。

「お人好しですね」

「あなたもでしょ？」

おしげが顔を覗き込んでくる。

「染みのついた芸者の着物を呉服屋さんに持っていくなんて、お人好しの人がすることですよ。手間賃だって掛かるのに」

「黙っていれば怒られます。まめ菊さん、あれで案外厳しいから」

「まあ」

口に手を当て、おしげが笑った。朗らかな声に釣られ、さつきの頬もわずかに持ち上がる。そこへおけいが戻ってきた。さつきは太巻きの包みを手に店を後にした。

「また、いらしてくださいな」

店の外までおしげが見送りに来た。

「そんなお金あるもんですか」

「おちかちゃんが連れてきてくれますよ」

何を言うのかと思いつつ、気づいた。指の痛みが薄れている。さすが芸者はいいものを使っている。

「この薬、高直《こうじき》なだけありますね」

さつきが言うと、おしげが満足げに白い歯を見せた。

「効くでしょう」

こんなに綺麗なのに独り身なのか。そういえば、おけいもお歯黒をしていなかった。恵まれた幸せ者に見えるのは表向きだけかもしれないと、ふと思った。

坂道を上って土手に出てから、振り返った。おしげが手を振っている。さつきは会釈した。『しん』。遠目にも白木の看板が目につく。

太巻きの包みは持ち重りがした。帰ったらすぐに白湯で食べよう。独り身なのだ、大事に食べれば一両日はもつ。

そう思ったのに、足がおりゅうの家に向かっていた。

「あらあ、大ご馳走じゃないか」

太巻きの包みを解くと、おりゅうは目を丸くした。

「いいのかい？」

「ええ。あたし一人じゃ食べきれないし。いつも、おりゅうさんにはよくしてもらってるから」

さつきが言うと、おりゅうはいそいそと小皿を出してきた。どうせだったらお茶を淹れようと、自ら台所に立って湯まで沸かしている。しかも今になって、「お父つぁんの借金はどうなったんだい。少しでよければ貸すよ」などと言い出すところが小憎らしい。

「おいしいね」

太巻きは甘辛い穴子に椎茸《しいたけ》、干瓢《かんぴょう》に鮪が巻いてあった。海苔もいつもさつきが買っているような薄っぺらなものではなく、厚くて立派だ。椎茸は嚙むとじゅわりと旨味が広がり、玉子はふっくらと焦げ目までおいしい。

どうして気が変わったのか、自分でも不思議だ。店を出たときには一人で食べるつもりだった。おりゅうの家になど、二度と来る気はなかった。

歩いているうちに自分も恩返しをしてみる気になったのは、おしげに感化されたせいだろうか。こんなことで運が巡ってくるなら安上がりだ。

太巻きは頰がとろけそうに旨かった。あんな一膳飯屋だが、さすがに人気芸者のまめ菊が通うだけのことはある。一人で食べるには多過ぎると思っていたが、あっという間になくなりそうだ。おりゅうも夢中になって食べている。よほど気に入ったのか、子どもみたいにご飯で頰を膨らませているのがおかしくて、さつきが笑うと、おりゅうからも笑顔が返ってきた。

その日の帰り道、さつきは自分の足が弾んでいることに気づいた。

家に帰ったら掃除しよう。それから湯屋へ行って、今晩はゆっくり体を休める。『松屋』で住み込みするようになれば忙しくなる。きちんと薬をつけて指を治し、またせっせと働きたい。

それにしても、いい天気だ。空はすっかり春の色をしている。襟首を撫でる風は冷たいが、体が温まっているからか心地よく感じられた。

家に帰っても誰もいない。けれど、近くに親切にしてくれる者がいる。案外この世も捨てたものではないかもしれない。さつきは、いつになく素直な気持ちでそんなことを思った。

第四話　祖父

1

祖父の武蔵《むさし》のことですか。

どこからお話しすればいいでしょう。思い出と申しましても、さほど珍しいお話はないかもしれません。

橋田《はしだ》家は代々、一刀流《いっとうりゅう》の道場を営んでおります。祖父は三代目の道場主。初代が国元の岩槻《いわつき》藩で剣術指南役をつとめ、隠居して道場を開いたのが始まりです。祖父も名を知られた剣士ですので、ありがたいことに家格以上の敬意をいただいております。

幼い頃を振り返り、まず思い出すのは祖父の背中でしょうか。子どもの頃は毎日目の前で見ておりました。

祖父はわたくしを背中に括りつけて道場へ通っていたのです。はじめてその姿で道場へあらわれたとき、お弟子たちはさぞや呆気に取られたことでしょう。道場主が胴着の背に赤子を背負っているのですから。

内心不服に思う者もいたかもしれません。けれど、表立って声を上げた方はいなかったと思います。祖父は怖いのですよ。顔は鬼瓦みたいで上背があり、骨組みもしっかりしております。声も大きくて、道場では常々弟子を叱責《しっせき》しているのです。子どもの頃は嫌でした。大きな声を上げられると恐ろしくて。祖父が怒鳴ると背中がびりびり震えるのです。髪も逆立ちますし、まるで絵双紙《えぞうし》に出てくる鬼のようで、よく背中で震えていたものです。

わたくしが怖がって泣くと、祖父は無言で背を揺すり上げました。あやしているつもりだったのでしょうね。お漏らしをしたときは、さすがに閉口しておりましたけれど。

剣士と申しましても、家では優しいのですよ。わたくしにとってはたった一人の祖父。長生きしてほしいと、いつもそればかり願っております。

*

寒さの残る朝のこと。

おけいは箒を手に外へ出た。

「いいお天気」

空を眺め、独りごちる。

風は冷たいけれど日差しはすっかり春のものだ。川音も穏やかで、朝日を照り返す波もおとなしい。これなら昼間のうちは火鉢なしで過ごせそうだ。

桃の節供《せつく》を迎え、いよいよ本格的に新しい季節の始まりを感じる。箒を戸の脇へ置き、おけいは川縁に向かった。この先に桃の木がある。蕾のついた枝を手折《たお》り、店に飾れば少しは彩りになる。

桜もいいが、おけいは可憐《かれん》な桃が子どもの頃から好きだった。暖かくなりはじめた頃に咲くからか、五弁の花びらを広げた佇《たたず》まいが朗らかで、眺めていると日向《ひなた》にいるような心地になる。桜より長く花を楽しめるのもいい。

平助も今日は節供にちなんだ料理を作るだろう。朝一番に魚市場へ行くと言っていたから、きっといいお魚を仕入れてくるはず。

橋場の渡しという土地柄か、『しん』のお客は男の旅人が多く、女の人は稀《まれ》である。それでも雛あられを土産に持たせると喜んでもらえる。家で待つ娘の顔を思い出すのだろうか。

そんなことを考えながら歩いていたおけいは、川縁で足を止めた。近づくと、自ずと微笑みがこぼれる。ぽつんと一本立っている桃の木はもう花が咲き出していた。一分咲きといったところで、大半はまだ蕾だが、遠目にも可憐な花が見える。

どうせなら長く楽しみたい。少し高いところに、今にもほころびそうな蕾をたくさんつけた頃合いの枝があった。暖かな店に飾ったら、今日か明日にも花になるだろう。おけいは背伸びして手を伸ばしたが、僅《わず》かに届かなかった。もどかしい思いをしていたところへ、背後から声が掛かった。

「お取りしましょうか」

まだ二十歳《はたち》にはいくつも間があるだろう。遠目にも背筋が伸びているのが目立つ、若い娘だ。土手沿いの道を歩いていて、おけいに気づいたらしい。

娘は軽やかな足取りで川縁へ歩んでくると、すっと桃の枝に手を伸ばした。片方の手は行儀よく袂を押さえている。武家娘だ。躾のよさがしのばれる。娘はまさに花なら蕾といった雰囲気で、全身から若さが匂い立っていた。

「ありがとうございます」

おけいは娘に礼を言った。並んで立つと、さほど背丈は変わらない。むしろおけいよりいくらか低いくらいなのに、腕が長いのか、娘はおけいが背伸びしても届かなかった枝を難なく手折った。

「では」

会釈をして、娘は土手へ向かおうとした。その爪先に泥がついている。こちらへ歩いてくる姿を見ていたときには気づかなかった。桃の枝を手折ったときに、土で汚したのだろう。爪先だから目につく。

「待ってください」

おけいは娘を呼び止めた。

「足袋《たび》に泥がついていますよ。枝を手折っていただいたときについたのでしょう。申し訳ありません」

「お気遣いなく」

頭を下げると、娘は手で制した。

「もしよろしければ、わたしの家にお寄りになりませんか。白足袋の汚れは目につきますから落としたほうがいいですよ。爪先にちょっと水をつけて、揉み洗いすれば落ちますから」

桃の枝を取ってもらった礼もある。

「いいえ、そんな。却ってご迷惑でしょう」

娘はためらっていた。しかし、足袋の汚れはやはり気になるらしい。

年季の入った灰鼠《はいねず》の木綿の着物をまとっているところを見ると、そう高禄の家の娘ではなさそうだ。足袋も大切に穿《は》いているのだろう。女が身につけるものは何でも高直である。

「遠慮なさらないでください。わたしは、けいと申します。すぐ近くで母のしげと一緒に飯屋をしております。ほら、あそこですよ」

娘はおけいが手で示した先を見てうなずいた。

「では、お言葉に甘えまして――」

おけいが連れてきた娘を見て、おしげは目を細めた。何とも初々しいお客を歓迎している。

「いらっしゃいませ」

薄暗い店で見ると、却って色の白さが目立つ。おけいは正面の長床几へ腰を下ろすよう勧め、娘から汚れた足袋を受けとった。

「おや、どうしたの」

「ちょっと泥がついたものですから、うちで汚れを落とすようお声かけしたのです」

おけいは桃の枝をちょっと掲げてみせた。

「見て、綺麗でしょう。そこの川縁で桃の枝を手折っていただいたんです。背伸びしても届かなかったところを助けていただいて」

「ま、武家のお嬢さんにそんなことをしていただいたの。もしや足袋の汚れもそのせいかしら」

おしげに睨まれ、おけいは首を縮めた。

「うちの娘のせいですみません」

「わたくしが粗相したのです」

娘はおしげに頭を下げられ、恐縮顔になった。

「お礼にお茶を差し上げないと。おけい、支度なさい」

厨《くりや》へ行き、おけいは桃の枝をいったん飯台《はんだい》へ置いた。まずは足袋だ。湯を沸かしている間に洗ってしまおう。

桶に水を張って裏口から外へ行き、足袋の爪先を揉み荒いすると、汚れは落ちた。安心して水気を絞り、物干し竿へ吊るす。濡らしたのは爪先だけだから、すぐに乾くだろう。

厨へ入ると、平助が沸いた湯でほうじ茶を淹れていた。飯台へ置いておいた桃の枝も小瓶に挿《さ》してあり、無造作だが様《さま》になっている。子どもの頃に茶の湯を習っていたおけいより上手かもしれない。

「ありがとう、平助さん」

「いいってことよ。ちょうど手が空いたんだ」

「桃も活《い》けてくれたのね」

「ああ。ついでだったからな。おけいさんに任せていたら、飯台で花を咲かせちまうと思ってよ」

「まあ」

おけいは口を開けた。すぐに平助はからかってくる。まずはお茶をお出しして、足袋を洗って、と物事には順番がある。桃の枝はそれから活ける算段でいたのに。

口を尖らせたおけいへ、平助が茶碗を載せた盆を手渡す。

「ところで、あの可愛い嬢ちゃんは裸足なんだろ。足袋が乾くまでの間、代わりを貸してやったらどうだい」

「そうね」

おけいはうなずいた。いくら店の中でも裸足では寒かろう。平助の言う通りだが、手には盆を持っている。お茶を出すのと足袋を出すのと、どちらを先にしようかと逡巡《しゅんじゅん》し、おけいはその場で足踏みした。

ぷっと平助が噴き出す。

「どこにあるんだ。俺が取ってきてやるよ」

「奥の部屋です。行李《こうり》の中に入っていますから」

おけいは顔を赤らめた。

まったくもう――。

我ながら鈍臭《どんくさ》いこと。平助にからかわれるわけだ。

お茶を出して厨へ戻ると、平助が洗い替えの足袋を持ってきた。ちゃんと下ろしたばかりの新しいものを選んでいる。口は悪いが目端は利く。おけいは礼を言って足袋を受けとり、店でお茶を飲んでいる娘へ差し出した。

「乾くまでこちらをどうぞ。新品でなくて申し訳ありませんが」

「そこまでお気遣いいただかなくても――」

「よろしいんですよ。足を冷やすと風邪を引きます」

「春といっても、まだ寒いですからね」

おしげが口添えすると、娘は「お借りします」と足袋を受けとり、そっと屈んで穿《は》いた。意外としっかりした足だ。とはいえ足首は細く、おけいの太い足に合わせた足袋では幅も丈も余りそうである。

おけいが厨から桃の枝を挿した小瓶を運んでくると、平助がついてきた。

「あら。平助さんも来たのね」

と、おしげ。

いつもなら平助は厨に籠もって、めったに店へ出てこない。料理を作るのに忙しいからだ。

「そりゃあ雛祭りだからな。お茶だけでは物足りねえと思ってよ」

平助は手に盆を持っていた。小皿と杯が載っている。

「小腹ふさぎに」

と、平助が娘の前に小皿と杯を出す。小皿には煎《い》って砂糖をまぶした雛あられが、杯には白濁した酒が入っている。

「白酒《しろざけ》じゃないでしょうね」

すかさず、おしげが言う。

「甘酒だよ。店で出そうと思って、昨晩のうちに仕込んでおいたんだ。ちょいと味見してくんな。心配しなくても、白酒と違って、酔っ払ったりしねえから」

平助が言うと、娘は遠慮がちに杯へ手を伸ばした。

「おいしいです」

一口舐めて、顔をほころばせる。

「そいつはよかった」

目尻に皺を寄せ、平助は笑った。おしげも微笑んでいる。桃の節供に、いかにもそれらしいお客が来たのが嬉しく、二人とも気が浮き立っているようだ。

「甘酒はお好き?」

「はい。よく家でいただきます。こちらの甘酒は優しいお味ですね」

「気に入ったなら嬉しいわ。桃の花びらを浮かべたいところだけれど。今年は寒かったから、花が咲くのが少し遅いみたいね」

白酒に桃の花を浮かべて飲むのは、桃の節供の慣わし。おけいが子どもの頃も、亡き父の善左衛門が飲んでいた。人気の豊島《としま》屋の白酒を取り寄せ、奉公人にも振る舞っていたものだ。

「桃花酒《とうかしゅ》ですか」

「お若いのに、よくご存じですこと」

「うちの祖父が好んでおりますので」

「そう、お祖父さまが」

「毎年雛祭りの日には、近所から桃の枝を手折ってきて、花を浸して飲んでおります」

「素敵ね」

「祖父は白酒ではなく、甘酒ですけれど」

「甘酒ならお孫さんと一緒に飲めますもの。わたしの家でも娘が子どもだった頃は雛祭りには甘酒をいただいておりましたよ。ねえ、おけい」

「そうだったわね」

もっとも、善左衛門だけは別。一人だけ豊島屋の白酒を飲んでいた。普通の酒のほうがうまいなどと言いつつ、毎年売り始めの二月一日に奉公人を豊島屋へ走らせていた。今となっては遠い思い出だ。

「この子の父親は甘酒など、女子どもの飲むものだと口もつけませんでしたよ。お祖父さまはお孫さん思いね」

おしげが褒めると、くすぐったそうに娘は笑った。

「祖父は下戸《げこ》なんです」

「あら」

「白酒を飲んだら目を回してしまいます。鬼みたいな怖い顔をして、一杯も飲めませんから」

楚々とした顔で祖父の悪口を言う。

「ま、鬼」

「角《つの》を生やしていなさるわけだ。それじゃあ、お嬢さんはお祖父さんとあんまり似ていなさらないんだな」

平助が口を挟むと、娘は朗らかに返した。

「どうでしょう。自分ではよくわかりませんが、人からは似ていると言われます」

「お嬢さんのどこが鬼なんだい」

信じられないとばかりに、平助が目を丸くする。

「そうですよ。こんな可愛い鬼がいたら大騒ぎになりますよ」

おしげも驚いている。

「おとなしそうに見えるかもしれませんが、わたくしは竹刀《しない》を持つと人が変わるのです」

楚々とした口振りで言い、娘は頬を赤らめた。

「竹刀？」

「三つの歳から剣術をやっております」

おけいは思わず、おしげや平助と顔を見合わせた。

まるで雛のようなこの娘が竹刀を振っている姿など、とても想像がつかない。が、よく見ると、杯へ伸ばした娘の手には肉刺《まめ》があった。

娘は橋田律子《りつこ》と名乗った。祖父の名は武蔵。国ではその名を知らぬ者はいない、剣士なのだという。

おしげは言った。

「きっとご立派なお祖父さまなのでしょうね。どんな方？　よろしければ、お話を聞かせてくださいな」

2

果たして立派かどうか——。

律子は首を傾げた。あらためて訊かれると、はたと迷う。剣の名手とはいえ、家の中では一人の祖父。道場では厳しいけれど、家では偉ぶることもなく温和だ。

子どもの頃を振り返り、真っ先に思い出すのは胴着のこと。

道場に立つとき、武蔵は胴着に袴《はかま》をつける。同じ色形の胴着を愛用しており、年中それればかり着ている。高いものではない。質素な木綿着で、古くから付き合いのある太物《ふともの》屋に作らせている。

着ているのは、いつも洗いざらして色が褪《さ》めたもの。さすがにくたびれて新調しても、汗をよく吸うからと、いつまでもよれた胴着を身につけたがる。袴も同様で古いものをつけており、清貧な仙人のように見えると、律子はひそかに思っている。

律子の家の庭には物干し竿があるのだが、晴れた日にはいつも胴着が吊るしてある。

幼い頃、律子は毎日その胴着に包まれた武蔵の背から、道場を見ていた。

朝は薄暗いうちから道場へ行く。

まだ寝惚《ねぼ》け眼《まなこ》の律子を背負い、たったと早足で歩くのが常。武蔵の背中は温かく、朝は洗濯糊《のり》の匂いがする。何度も水をくぐり、柔らかくなった木綿地は気持ちいい。胴着にぺたりと頬をつけ、次第に明けていく空を眺めるのが好きだった。

背中で聞く武蔵の足音は季節によって違う。秋の盛りの枯れ葉を踏む音や、その後の霜柱をさくさく踏む音が耳に心地いい。

長い石段を上るうちに道場の冠木《かぶき》門が見えてくる。足腰を鍛えるため、初代が坂の上に建てたという。門をくぐると、殺風景な広場がある。塀の内側には背の高い木が植わっており、よく雀《すずめ》が遊びに来る。

道場は広場を突っ切った先にある。戸は重い。

ゆっくり戸を開けると、中はしんと朝の光が満ちている。

弟子が来るまでの間、武蔵は一人で素振りをする。そのうち体が温まってくると、背に汗がにじみ、胴着から湯気が立つ。春も夏も、晴れの日も雨の日も。武蔵は稽古前の鍛錬として、千回の素振りを己に課している。

一番古い思い出は、竹刀が空を切る音と汗の匂い。空気中に漂う細かな塵《ちり》。朝の日射しが道場に差し込む中で、武蔵が竹刀を振る。どの季節を切り取っても、同じ光景がまぶたの裏に広がる。

「一、二、三――」

そのうち、律子が素振りの数を勘定する役になった。

武蔵に子ども用の竹刀を持たせてもらい、真似をして素振りをするようになったのが三つのとき。初めは五回も振れなかった。足腰に力がつくまでは、どうしても体が持っていかれる。

竹刀に振り回され律子が尻餅をつくと、武蔵は起こしにくる。床に転がっている竹刀を拾い、頭を撫でてから、

「もう一回」

と言うのだ。

初めて剣を教わるとき、律子は約束した。

「女子《おなご》のそなたには、剣の稽古はきつい。それでもやるか？」

「はい」

「ならば、約束せい。決して稽古中に泣いてはならぬ」

「わかりました。泣きません」

「よい返事だが、空約束では駄目だ。泣いたら道場から放り出すから、そのつもり

でおりなさい」

武蔵は腰を屈め、しっかと律子の目を見据えた。このときは怖かった。

「嫌なら、止しておきなさい。道場の家に生まれたからといって、無理することはない」

「やります」

「二言はないか？」

「ありません」

「ふむ」

そうか、とうなずいたときの武蔵は、いささか複雑な面持ちをしていた。

本音では心配だったのだと思う。道場へ連れていくのは律子を手許に置いておくためで、剣の道へ誘うつもりではなかったのだろう。が、律子がしたいと言うなら仕方ない。そんな顔をしていた。

律子は構えからやり直し、ふたたび竹刀を振る。遠心力を使って剣先をなるべく遠くへ飛ばすように。武蔵が傍で見守る中、できるまで繰り返した。

とはいえ、そんなためらいも律子に竹刀を握らせてみたら変わったように思う。早い話、筋がよかった。律子も食らいついていった。武蔵が脅した通り、稽古はきつかったが、それ以上に面白かったのだ。

素振りが終わると朝餉。

寒い間は道場の中で、暖かくなると外の広場で弁当を広げる。梅雨が明け、日射しが強くなってくると、木陰の下で食べた。

弁当の中身は決まっている。女中に作らせた、塩にぎりと漬け物。武蔵が三つで律子が一つ。稽古の後で食べる塩にぎりは格別だった。質素な食事を済ませた後は、井戸水で口をゆすぎ、顔を洗う。

幼かった頃、律子の顔は武蔵が洗ってくれた。

これは嫌でたまらなかった。天狗《てんぐ》の団扇《うちわ》さながらの、大きな手が迫ってくるのだ。掌には硬い肉刺もあり、力も強い。本人は手加減しているつもりでも、子どもには痛いのだ。

「じっとせい」

と言われても律子は逃げ回った。自分が汗かきだからか、武蔵の顔洗いは念入りである。水洗いの後は、手拭いで耳の裏を拭われる。これが痛いこと。顔を洗ってもらうと、しばらくの間は耳の裏がヒリヒリしたものだ。

家に戻るのは正午を回ってから。朝稽古を終え、二人で道場を片付けてから帰り、ようやく昼餉をとる。そんな日々を過ごしていた。律子は道場で育ったようなものである。

「かわいそうに。女親がいないから」

と、女中の菊《きく》は言っていた。

女の子が手に肉刺を作っているのが気の毒で見ていられないというのだ。武蔵と約束した手前、律子は肉刺が破れても泣かなかった。むろん手は痛く、風呂に入ったときには跳び上がるほどだったが、嫌なら稽古を止めろと言われるほうが怖くて、辛抱した。

そんな律子の手に薬を塗りながら、菊はため息をつく。

母親がいれば、娘に竹刀を持たせるわけがない。稽古させるなら茶の湯や生け花。手に肉刺のある娘に縁談が来るかどうか。それでなくとも父母がおらず、祖父の手一つで育てられて安く見られる律子が不憫《ふびん》だと、菊は嘆いていた。

口うるさいものの、いい女中ではある。

「わたしでよければ、いつでもやりますよ」

と、常々言っていた。

律子の顔洗いも子守りも、自分が母親代わりに世話をすれば、幼い律子に早起きさせて道場へ連れていかなくても済む。お稽古事の付き添いもする。並の娘のように炊事や裁縫といった家仕事を仕込んでやってもいいのだと、菊は武蔵に何度か申し出たという。

けれど、武蔵は固辞《こじ》した。

剣を学ぶのは律子が望んだこと。嫌ならいつでも止めていいと本人に伝えてあると、菊の申し出を退けた。

「旦那様は一徹《いってつ》でいらっしゃるから」

菊は陰でこっそり幼い律子にこぼした。

武蔵は剣の道一筋で、あまり世間を知らない。体を鍛えているのをいいことに、いつまでも若い気でいるから、養子を探そうともしない。いったいどうするつもりなのか、傍で見ていても気懸かりだ。その懸念は杞憂《きゆう》ではなかった。

橋田家は当主の武蔵と孫娘の律子の二人きり。

子のいない他の家のように養子を迎えればいいものを、なぜ手を打たないのか。菊が何より案じていたのはこのことである。律子が婿をとる歳まで生きていられるとも限らないのに、縁組みの話を持ちかけられても首を横に振るのは、武蔵が頑固者ゆえ。役持ちでなかろうと橋田家は武家。跡継ぎが要るのは自明《じめい》。周りも心配しているのだから、素直に耳を貸したらどうかと言っていた。

当時、菊は三十半ば。

本人が言うには、元々は武家の出なのだとか。一度は嫁いだこともあるが、婚家と折り合いが悪く、出戻ってきたらしい。子がいないせいで、歳よりも若く見えた。自分でもそれを意識していたと思う。ときおり律子の亡き母が使っていた鏡台を覗き、鬢《びん》をととのえていた。

菊は手まめな質で、よく働く。武蔵や律子の胴着を毎日洗い、綻《ほころ》びを見つけては繕っていた。漬け物を作らせても上手で煮炊きも得意。菊がいるおかげで、家の中は清潔に保たれていた。

そのことには武蔵も感謝していたはずだ。

実際、幼い孫娘を背負って剣の指南をするのは、苦労の種だったと思う。弟子の手前もある。菊に任せれば、喜んで律子の母親代わりを務めたろう。そのほうが武蔵も楽だったに違いない。

そうしなかったのは、菊には、少々思い込みが強いところがあるせいかもしれない。

菊の「かわいそうに」は、律子が母に早く死なれたことだけを指すのではない。

あんな母親で気の毒だと言いたいのだ。

律子の母は三津子《みつこ》という。

武蔵の一人娘で、十七のときに婿をとった。律子を産んで間もなく亡くなった。その三津子が幼馴染みの男と不貞《ふてい》を働いていたことや、死後に律子の父親が橋田家を出たことを、律子は幼い頃より聞かされていた。

「こうしたことは、いずれわかることですからね」

口振りだけは神妙に菊は言う。

「人の噂で知るより、身近な者の口から聞いたほうがいいでしょ？　本当は、きちんと旦那様がお話しされたほうがよろしいんでしょうけど。それを待っていたら、いつになるかわかりませんものね」

律子を気遣う裏で、舌を出していたとは思わない。菊なりに律子の身の上を慮《おもんぱか》っていたのだろうが、不憫な子として扱われるのは気分が悪かった。

「わたしから聞いたことは内緒にしてくださいよ」

と、口の前で人差し指を立てる。菊はそういう女中だ。

怒ればよかったのかもしれない。子ども心にも、不快な話をされているのは承知していた。いくら子どもでも律子は当主の孫。聞いた話をそのまますれば、きっと武蔵は菊を追い出したはずだ。

　でも、律子は言われたとおり黙っていた。稽古で忙しい祖父によけいな煩いをかけたくない。それに、三津子は武蔵の一人娘。女中に悪口を言われていると知れば悲しむだろう。武蔵は、弟子は平気で叱りつけるが、律子には甘い。どの家でもそうだろうが、祖父は孫娘に弱い。

　ことに武蔵は剣士。自他共に強いがゆえ、女の子には遠慮がある。律子の母の三津子が小さな頃は祖母がいたから、世話を任せきりにすればよかった。祖母が亡くなったのは三津子が婿をとる少し前だったから、祖父はそれまで剣一筋でやってきたのだ。

　その祖父が菊には子守りをさせなかった。炊事や洗濯は任せても、母親代わりはやらせない。律子自身は覚えていないが、襁褓《むつき》を替えたのも祖父だという。幼い孫娘を道場へ連れていったのは、いっときも目を離したくなかったからだ。女中の手に委《ゆだ》ね、何かあっては大変だから、武蔵は常に律子を手許に置いていたのだと思う。

　それは道場でも同じ。

片隅で素振りをしているときも、常に眼差《まなざ》しを感じていた。目こぼしはしないが、目配りはする。

立ち合い稽古で転んで顔を擦りむいたりすると大変だ。武蔵は飛んできて、指を舐めて傷に唾をつける。瘡蓋《かさぶた》が剝がれると、痕《あと》が消えるまで心配していた。それくらい何でもないのに。律子に言わせれば、少々の傷より武蔵に唾をつけられるほうが嫌だったが、口に出しては言えなかった。もし汚いと律子が拒めば、祖父は顔を曇らせたと思うから。

稽古の厳しさで弟子に怖れられていた剣士も、孫娘の前では一人の祖父。辛くて泣くようなら止めなさいと口では言いつつ、武蔵は優しかった。

大事にされていたのだ。あの大きな手に守られていた。それを承知していたから、律子は菊に何を吹きこまれても黙っていた。孫娘の自分が悲しめば、武蔵はその倍悲しむ。

菊の心配は筋違いだ。

律子は自分を不憫な子と思ったことはない。武蔵がいれば、十分幸せ。父や母を恋しがった覚えもない。初めからいなければそんなものだ。

道場にいるときの武蔵は格好いい。

家ではまるで別人なのに。武蔵が風呂で鼻歌を歌い、手拭いを湯に沈め、風船を作ってくれることは、弟子の誰も知らない。寝ると大きな鼾《いびき》をかき、歯軋りをする。やかましさに耐えかねた律子がこっそり鼻をつまんでも起きず、次の日には「悪い夢を見た」と首を傾げる。そんな武蔵が道場では誰より強い。

一番古い思い出が、道場での素振りなのだ。朝日を浴び、汗の玉を光らせていたあの姿。真似したくなるのは当たり前だろう。きっと律子は目が開いたときに道場に立つ武蔵を見たのだ。親鳥の後をついていく雛さながら、律子は竹刀を手にしたのだと思う。

道場は格好の遊び場だった。近所の友だちとままごとをしたこともあるが、すぐに退屈してしまった。

初めて竹刀を持たせてくれた三つのときから、武蔵は律子の憧れ。

やがて、朝の素振りは律子の日課にもなった。晴れた日には武蔵の胴着と律子の胴着が並んで物干し竿で揺れていた。

同年代の弟子と手合わせするようになったのは、六つのとき。

律子は小柄で、体つきも華奢《きゃしゃ》なほうだったが、敏捷《びんしょう》だった。自分より体の大きい相手に一本入れたときには、晴れがましさで頬が火照《ほて》ったものだ。

家より道場が好きだった。

朝から日暮れまで思う存分稽古して、烏が鳴く頃になると、名残《なごり》惜しい気持ちで竹刀をしまう。武蔵と並んで暮れゆく道を帰り、夜は布団に頭をつけるなり寝てしまう。そういう子ども時代を過ごしたのである。

＊

ふと口を閉じると、みなが話に聞き入っていた。

いつの間にか夢中になって、思い出話を披露していたらしい。律子は恥じらい、うつむいた。

「素敵なお祖父さまね」

女将のおしげが感心したような声を出した。

「喉が渇いたでしょう。今、新しいお茶を淹れますから」

若女将のおけいが盆を手に厨へ向かう。

「よかったら、雛あられもつまんでくれよ」

と、平助が勧めてきた。

「いただきます」

一息に話をしたせいか、少々お腹が空いている。律子はありがたく小皿へ手を伸ばした。

香ばしい雛あられだ。歯応えがあって、塩味が効いている。白と薄桃の粒があり、薄桃のあられは甘い。口の中で塩とざらめの甘辛さがじんわり溶け、最後に米の旨味が残る。

「気に入ったかい」

「はい、とても」

平助は五十八の祖父の武蔵と同じくらいに見える。この店の勝手場を任されているのだそうだ。

皺深い顔はよく日に焼け、厨で火を使うからか、頭に汗止めの豆絞りの手拭いを巻いている。痩せており、頬骨が目立つ。平助の着物も肩のところが白くなっている。武蔵の胴着と同じ。汗が粉を吹いているのだ。

「失礼ですが、おいくつですか」

「俺かい？　いくつに見えるかね」

謎をかけられるとは思わなかった。

「五十と少しくらいでしょうか」

律子の答えを聞くと、平助は目尻を下げた。

「そんなに若く見えるかい」

「いやあね、喜んじゃって」

おしげが平助の肩を叩いた。

「若いお嬢さんには年寄りの歳などわからないものですよ。ねえ、律子さん」

「止しなさいよ、母さん」

厨からおけいが出てきた。

「律子さんが困っているじゃないの」

ほうじ茶を供しながら言う。

「ごめんなさいね。うるさくして」

もし母が生きていたら、こんなふうだったろうか。

色が白くて髪がたっぷりしていたと、武蔵に聞いている。一重瞼《ひとえまぶた》の目が涼しげで、祖母によく似ていたそうだ。

祖父譲りの下戸でお酒は一滴も飲めない。料理が得意で、子ども時分から祖母と並んで台所に立っていたという。おけいとおしげのように、仲良く喋りながら武蔵い。それに甘えて今まで来た。


の好物を作っていたのかもしれない。

十六の律子は満足に包丁も握れない。ずっと女中の菊に炊事を任せきりにしていては、「こんなことでは旦那様をもらえませんよ」と、厭味《いやみ》を言われるのも仕方ない。祖父は剣の稽古を盾に、律子に家のことをさせない。それに甘えて今まで来た。


それにしても、いいお茶だ。

香りが立って後味がいい。家で飲むほうじ茶はもっと薄くて、苦みがあるのに。

高直な茶葉を使っているからだろうか。

考えていると、おけいと目が合った。

「こちらは賑《にぎ》やかですね」

ふんわりとした微笑みに釣り込まれ、律子はつぶやいた。仲のいい祖父と孫娘でも、二人きりだとこうはならない。どちらかが黙れば、家は静まり返る。

「わたくしの家は祖父と二人きりですので」

「そう仰っていましたね」

寂しいのは父母がいないことではない。祖父と孫とでは大きく歳が離れていることだ。

律子は武蔵が四十二のときに生まれた。物心ついたときより武蔵は白髪頭だった。

背筋はぴんと伸びていて、立ち姿は若々しいが、道場では最年長。それが子ども心にも気懸かりだった。

菊ではないが、自分が一人前になるときまで生きていてくれるかどうか。律子自身もふと怖くなることがある。武蔵はいつも「わしは百まで生きる」と豪語しているけれど。

「お祖父さまは可愛がってくださるでしょう」

おけいに言われ、律子はうなずいた。

「はい。今日も朝から床の間に飾った桃の花を眺めておりました。祖父は毎年、雛祭りを楽しみにしているのです。節分の豆まきが終わると、すぐに雛人形を出して飾るくらいで」

「お孫さんがすくすく育っていらっしゃるのが、お祖父さまは嬉しいのねえ」

「どうでしょう。わたくしが生まれたときに、高禄な家でもないのに、五段飾りの雛人形を買ってくれましたけれど。初孫なので無理をしたのかもしれません」

毎年桃の蕾がつく時期になると、武蔵は雛人形を飾る。

「竹刀胼胝《だこ》のある手で緋毛氈《ひもうせん》を敷き、お雛様やお内裏《だいり》様を一つずつ段へ飾りつけるのです。普段はよれた胴着に袴をつけて、竹刀を提げている祖父が、緋毛氈に行儀

よく正座をして、小さなお人形を並べる様子を見ていると、何だか可笑《おか》しくて
桃の節供は女の子のすこやかな成長を願う日。災いが起きないように、罪や穢《けが》れが降りかからないよう、武蔵は雛人形を飾る。

「優しいお祖父さまですね」

「本当に」

おけいとおしげが感嘆し、その傍らで平助がしんみりした顔になる。

「桃の節供には、その雛人形の前でお祖父さまと桃花酒を飲まれるのね」

おしげが言う。

「はい」

「目に浮かべるだけで、こちらまで幸せになるような光景だわ」

「でも、実はもう雛人形はございません。先日売ってしまいましたので」

だから、今年はいつもより早めに雛祭りを済ませた。これを売らねばならぬかと、武蔵も寂しそうだった。

「残念ですこと」

おしげは眉を下げた。残念だと、律子も思う。できれば手許に置いておきたいのだが仕方ない。

「五人囃子《ばやし》の笛はなかったのですけれど。存外に高く売れました」

「なくされたの?」

「昔、わたくしが捨てたのです。祖父と諍《いさか》いになった腹いせに」

本当は左大臣《さだいじん》を捨てるつもりだった。祖父と同じ年寄りだから。手に取って屑箱の前にまでは行った。結局思い止まり、左大臣を元に戻して、五人囃子の笛を隠すだけにしたが。

「まあ」

おしげは啞然とした声を上げ、おけいを見た。呆れたのかと思いきや、うつむいて肩を揺らしている。

「ごめんなさいね、笑ったりして。つい思い出したものですから。うちの娘も昔、同じことをしたのですよ」

今度は律子が啞然とする番だった。

「母さんたら、止してちょうだい」

と、おけいが頰を赤らめている。

「わたしは三人官女《かんじょ》ですけど。一人だけ年嵩《としかさ》の人がいるでしょう、あの人形をこっそり段飾りの後ろに隠したんですよ」

「わけも話して差し上げなさい」

「嫌ですよ、恥ずかしい」

おけいは渋ったが、おしげに肘《ひじ》でつつかれ打ち明けた。

「母に似ていたんです」

照れくさそうにつぶやく。

「澄まし顔でお歯黒をしている人形が、母にそっくりで。つい小憎らしくなって、叱られた腹いせに隠したのですよ。そのせいで、もっと叱られました」

「しかも、この子は隠し場所を忘れてしまいましてね。おかげで、別のものを作り直す羽目になったんです。まったくもう、子どもは何をしでかすかわからないから困るわ」

おしげは苦笑いした後、あらためて律子に言った。

「失礼いたしました。お話の腰を折ったりして」

「いえ」

「うちのお雛様も売ってしまったのですよ。さほど高い値はつきませんでしたけれど。今でもたまに懐かしくて。どこかの家で大切にされていると、思うことにしているんです」

律子は懐に手を入れ、絹の巾着《きんちゃく》を出した。口を縛っていた紐を解き、中のものを掌にのせる。

「わたくしの隠した五人囃子の笛です」

雛人形を売るときにも、これは手許に残した。

五人囃子の笛がないことに気づいたのは菊だった。

部屋の前を通りかかったら、おろおろしている姿を見た。声はかけなかったが、次に雛人形を見たら、五人囃子の手には偽物の笛が載せてあった。どこかの店で適当なものを探してきたのだろう。

「大胆なことをなさる」

おしげは妙に感心した面持ちになった。

「そう言えば、ご自分でも『竹刀を持つと人が変わる』と仰ったわね」

「はい」

「ひょっとして、お祖父さまも手を焼いていらっしゃるのかしら」

「そうかもしれません」

いっとき、律子は武蔵を遠ざけていた。

今となっては悔やんでいる。

愚かな小娘だった、本当に。

3

もう辞めてしまったが、道場に伊崎幸二郎《いざきこうじろう》という者がいた。

歳は律子の五つ上。家格の高い家の次男で、筋がよかった。同年代の弟子の間では頭一つ抜けており、ときには十も年上の高弟と互角に試合することもある若者だった。

気がつけば、律子は幸二郎を目で追うようになっていた。

初恋だった。

素振りをさせても、周りの弟子とは構えから違う。竹刀が風を切る音もことさら鋭く、目立っていた。見た目も優れていたのだ。背が高く、きりりと眉の引き締まった顔をしていた。いい家の子弟だから、胴着もぱりっとしたものを身につけており、またそれが似合っていた。

当時、律子は十四。

同じ年頃の弟子には負けなかったが、幸二郎には敵わなかった。そのせいで気になるのだろうと思っていた。律子は負けず嫌いだった。

確かに幸二郎は強い。それゆえに否が応にも目がいく。向こうも律子を気にしているのか、ときおり目線がぶつかることがあった。律子が素振りをしていると、こちらを眺めていることもある。それでいて、目が合うと逸らされる。見られていると思ったのは勘違いかと思いきや、しばらくすると、また目が合う。

そのうち、律子は幸二郎が道場へあらわれるのを待つようになった。武蔵と朝の稽古をしていても、胸のうちではいつ来るかと思っている。

広場で人の足音がすると、つい気が逸れる。

面白いように伸びていた律子の剣の腕が、踊り場に差しかかったのも、ちょうどこの頃だった。

「気が散っておるな」

武蔵は十四の律子に言った。

「構えが甘い。それでは、いくらやっても上達せん」

「……………」

「聞いておるのか」

律子は返事をしなかった。

武蔵を鬱陶《うっとう》しいと感じるようになったのは、いつの頃からだろう。幼いときは隣に床を敷いていたとは思えない。胴着を武蔵の下帯と一緒に洗われるのが嫌で、何年か前から、菊にこっそり別々にするよう頼んでいる。

武蔵は孫娘の変わり様をどう感じていたのか。相変わらず道場では厳しく、家では温和だった。変わらず質素な弁当を携えて道場へ通い、弟子たちを教えていた。

床に籠もる年寄りの匂いが嫌なのだと思っていた。胴着と違い、布団は洗い替えがきかない。あるとき律子は己の身から、武蔵の匂いがすることに気づき、別の部屋へ床を敷くようになった。

それだけでは心配で、菊に言って香り袋を買ってこさせ、こっそり箪笥にしのばせたのだから呆れる。初めて竹刀を持たせるとき、武蔵がわずかに難色を示したように見えたのは、いずれ色気づくと知っていたせいだろう。

とはいえ、幸二郎とは特に何もなかった。ときおり目線を交わし、互いの剣を眺めるだけ。親しく口を利きたいわけでもなかった。結局、剣に惹かれていたのだ。

もっと強くなって幸二郎と竹刀を交わしたい。次第に、律子はそう思うようになった。今は確かに自分が下だが、精進すればきっと追いつける。一年後、あるいは二年後。そのために稽古を積んだ。

その頃、剣が思うように伸びず、律子は焦っていた。

年頃の娘になり、体つきが変わったせいなのか。体が重く、二の腕や腰の辺りの肉が軟らかいのも気に入らなかった。このままでは、ただの女子《おなご》になってしまう。律子は不安におののいていた。それもあり、幸二郎と目が合うたびうろたえる己が嫌になった。剣の修行に浮ついた心は邪魔なだけ。

律子は強《し》いて幸二郎を無視した。向こうの剣は気になるが、手本にすべきは武蔵。共に修行半ばの弟子ではない。そう肚に決めた。朝の稽古にも熱が入り、武蔵に気が散っていると指摘されることもなくなった。朝に加え、夕にも素振りをするようになると、ふんわりした二の腕が引き締まった。その甲斐あってか、ふたたび律子の剣は伸びた。

一度、道ですれ違ったことがある。

武蔵の使いで町へ出たときのことだ。用事を済ませて家路を急いでいたところ、通り雨が来た。商家の軒先で雨が止むのを待っていたら、目の前に人影が立った。顔を上げると、幸二郎だった。絹の着物に袴をつけ、心配顔でこちらを見ている。

「どうぞ」

幸二郎は自分の差していた傘を渡した。遠慮する律子の手に押しつけ、一礼して去っていった。

それだけだった。

往来で話をしては律子の迷惑になると思ったのだろう。幸二郎は振り向くこともなく、道の向こうへ消えた。傘を渡されるとき、一瞬触れた指が冷たく、咄嗟《とっさ》に手を引いた。

上等の傘を差して戻ってきた律子を、武蔵は胡乱《うろん》な目で見た。

「どうした」

「貸していただいたのです」

「見ればわかる。誰に貸してもらった」

「伊崎さまに」

律子は早口に答え、目を伏せた。幸二郎の名を口にしたとき、頬に血が上るのがわかった。

傘はすぐに返した。乾かしてから道場へ持っていき、人目のないときを見計らい、幸二郎へ渡した。

「ありがとうございました」

「いえ」

その短い会話を武蔵が目撃したのかどうか。

通り雨の日から半年ほど経ったときのこと。

ある晩、いきなり武蔵に言われた。

「今後、道場へ出入りしてはならぬ」

「なぜです」

「そなたも十五。いい加減、男に混じって竹刀を振り回す歳でもなかろう」

武蔵は静かな目をしていた。

「嫌です」

律子が口答えしても、武蔵は応じなかった。

「もう決めたことだ」

「わけをお聞かせください」

「明日からは茶の湯の稽古に行け。話はつけてある」

そう言うと、武蔵は腰を上げた。

動揺して、その晩は眠れなかった。夜明け前、それまでと同じように床から出て胴着に着替えた。が、武蔵は律子を道場へ連れていかなかった。先回りして早くに家を出たと知り、道場へ駆けつけると、鹿山《かやま》という名の弟子に阻まれた。

「師匠の命です」

鹿山は申し訳なさそうな面持ちで言った。

武蔵は本気だった。目の前で門を閉められ、律子は泣いた。荒稽古でしごかれても、手の肉刺が潰れても堪えたのに、道場への出入りを禁止されて涙をこぼした。自分がいったい何をしたのか訳もわからず、ひたすら悔しかった。

一年前。ちょうど今の季節のことだ。

道場からの帰り道、頭上で鶯が鳴いていたのを覚えている。長閑《のどか》な鳴き声が癪に障ってならなかった。

雛人形の五人囃しの笛を隠したのは、その日のこと。

年寄りの左大臣を見るだけで腹が立った。武蔵の代わりに捨ててやろうとしたのに、屑箱の前で怯《ひる》んだのは、雛人形を飾りつけているときの武蔵の後ろ姿を思い出したからだ。

道場への出入りを止められて以来、律子は武蔵に反発し、ろくに口も利かなくなっていた。家の中で顔を合わせても、ぷいと背《そむ》けた。それでも、雛人形の前にいる武蔵を見ると、これまでと同じように話しかけたくなる。

このとき、律子は十五。武蔵は五十七になっていた。

今は元気にしているが、いつまでも変わらずにいられるか。武蔵は人並み以上に屈強で、老いを撥《は》ねつけているけれど、それでもいつか寄る年波に勝てない日が来る。

喧嘩している場合ではない。本来ならいたわるべき祖父に不服があるからと、無礼を働くのは不孝。そう自分でも承知していながら、律子は態度を改めなかった。頑《かたく》なに意地を張りつづけた。

この先、道場をどうするつもりなのか。

少なくとも、武蔵は律子を跡継ぎに据える気がないのだろう。女子だからか。未熟ゆえか。いずれにせよ悔しい。自分が跡を継げないことも、何の相談もされないことも。

憎らしいのに、心配で。

そんな気持ちにさせる武蔵が腹立たしい。

律子が左大臣の人形を飾り段へ戻し、五人囃子《ばやし》の笛を隠すことにしたのは、律子なりの情け。道場への出入りを禁じられたことを許したわけではない。それは別の話。

*

「長々と話してしまいまして――」

律子は場がしんみりしてきたことに恐縮した。

「お耳汚しでしょう。お聞きになっていただきましたように、退屈な話ですので」

「そんなことはありませんよ」

自分も老年の域に入っているからか、おしげは神妙な面持ちをしていた。平助は口をへの字に曲げ、しきりと目をしばたたいている。

「しかし、孫を持つのも苦労だな」

平助がつぶやいた。

「髪がちらほら白くなりはじめた頃に、また赤子が目の前にあらわれるんだもんな。無事に育ち上がるまで、とても枕を高くして寝られねえ」

「そういうものですよ」

「お祖父さんが道場へ出入りするなと仰るのも、無理もねえ気がするよ。俺は肝っ玉が小せえから、こんな可愛い娘が男と竹刀を交わすと思うと、それだけで熱が出そうだ。こんな年頃の娘を、男どもと一緒に稽古させておくのも心配の種だしな。おとなしく茶の湯の稽古へ通ってくれたほうが、よほどありがてえ」

平助に孫はいないのだと、律子は思った。もし孫がいたら、武蔵以上に猫可愛がりしそうに見える。

「でも、お嬢さんは納得しなかったんだろ？」

「はい」

その通り。

律子は納得しなかった。茶の湯の稽古には行ったが、剣も続けた。もっとも道場には立ち入りを禁じられたから、家の庭を道場にした。菊が青物を育てていた畑の隣で竹刀を振った。

立ち合いの相手がいないのは不服だったが、素振りは一人でもできる。菊は何事かと眉をひそめていたが、鋤《すき》を貸してくれた。律子は近くの川原まで行き、米袋に砂を入れて庭へ運んだ。

畑を作るときの手法を応用し、広場にしたのである。小石を手で除き、川原から運んできた砂を撒《ま》いて、鋤で平らにならした。それだけでは足が沈むので、粘土も混ぜた。

丹念にならすと、それなりの広場ができあがった。そこで日がな一日稽古していると、あっという間に日焼けした。屋内の道場と違い、足の爪まで土が入り込む。足裏が鍛えられ、硬くなった。砂と粘土を運んだおかげで、足腰にも力がついてきた。

ともかく稽古がしたかった。なぜ武蔵が自分を道場から閉め出すのか、さっぱりわからないが、剣を捨てるつもりなどなかった。いずれ武蔵を説得して道場に戻ると決めていた。

悶々《もんもん》とする気持ちを晴らすには、竹刀を持つのが一番。日々の稽古は食事と同じ。律子にとっては欠かせない。女子は駄目というなら、端から竹刀を持たせなければいい話。稽古中は泣かないとの約束も守ってきた。あの大きな背を追いかけ、荒稽古に耐えてきたのだ。このような仕打ちはいかに武蔵といえども許しがたい。

律子は命じられた通り、茶の湯の稽古に通った。孫だから、祖父の言いつけには従う。しかし、親しい友人はできなかった。律子の手の竹刀胼胝や、庭での稽古で日焼けした顔は、娘たちの間で浮いていた。果たして陰でどんなふうに言われていたことか。

むろん武蔵も、律子がしていたことを承知していたはずだ。

しばらくして、縁談が持ち込まれた。

「お断りしてください」

相手の名も聞かずに、律子は退けた。

「まずは話を聞きなさい」

「わたくしの気持ちは申しました」

橋田家は武家。菊に言われなくとも、跡継ぎが要ることは百も承知していた。それでも意地を通そうとしたほど、この頃は武蔵と険悪だった。

同じ家に暮らしながら、ほとんど口を利かない日が続いた。膳を囲んでいるときも律子は無言のまま。給仕をする菊がいかにも気まずそうに、ちらちら様子を窺ってきたものだ。

縁談を急ぐのは、幸二郎との仲が噂になっているせいだろう。それが屈辱だった。後ろめたいことなど何もない。幸二郎は道場でともに稽古しただけの仲。目線を交わすことはあったが、まともに話したのは通り雨で傘を借りたあのときのみ。

それでも人が見れば、仲を勘繰《かんぐ》る。武家に生まれたことが、己が女子なのが恨めしかった。

「待て」

律子が腰を浮かすと、武蔵は一喝した。

「相手の名を聞いてから断っても遅くないだろう」

「同じことです」

「知っておるのか」

「伊崎さまでございましょう」

訊くまでもない。

祖父が律子に甘いことは前から知っている。縁談と聞いて、ぴんときた。伊崎家は婿入りしてもらうのに願ってもない相手。

しかし、家格には開きがある。まっとうに縁組みをするには釣り合わない。で幸二郎を道場の跡継ぎに据えることにしたのだろう。そういう話だと想像がつく。そこ
幸二郎は実力では跡継ぎになれない。今は同年代の弟子の筆頭だが、律子は追い上げていた。ときに立ち合い稽古で打ち勝つこともあり、いずれ追い抜くのは目に見えていた。

武蔵が律子に道場への出入りを禁じたのはそのせいだ。道場主となる幸二郎より、妻のほうが強くては示しがつかない。律子を止めさせれば、幸二郎は少なくとも、

若手筆頭の地位を保てる。

姑息《こそく》なやり方に律子は腹が立った。確かに、十四の頃は幸二郎を姿かたちのいい、爽やかな好青年だと思っていた。目が合えば胸がときめいたのも事実。が、それだけだ。

律子の初恋は束の間だった。

所詮、幸二郎など、武蔵の剣名を笠に着たいだけの男。

借りた傘を返すとき、また触れた。通り雨の日と同じく、幸二郎の指は冷たかった。そういうことかと思った。あれは偶然ではなかった。この男はわざと律子の手に触れたのだ。そうすれば五つ下の小娘が胸をときめかすだろうと、小賢《こざか》しい計算をしたのだ。

ほのかに残っていた恋情も、淡雪《あわゆき》が融《と》けるように消えた。

傘を貸してくれた相手が幸二郎だと話したとき、顔を赤らめた己が恥ずかしい。あれは悔いていたせいだ。いっときでも軟弱な男にときめき、武蔵に気の弛《ゆる》みを見抜かれるという体たらくを恥じたままで。

それでも、幸二郎に追いつこうと稽古に力を入れたおかげで、一皮剝けたと思っていた。それでよし、と自分の中では終わらせていた。

武蔵は孫を喜ばせようと、伊崎家と縁を結ぼうとしたのか。

道場では剣の力がすべてと教えてきたのに、律子に女子の幸せを与えるためには、家柄や身分におもねるのか。剣の力をそんなことに使うとは。孫娘を失望させないでほしい。

「わたくし、あの人のことなど何とも思っておりません」

「しかし、伊崎と一緒になれば楽に暮らせる」

律子の訴えを、武蔵は軽くあしらった。

「お金の話ですか」

「これからの世には、剣名より金のほうが役に立つからのう」

その言葉に耳を疑った。

「それほど橋田道場にはお金がないのですか」

「余ってはおらぬな」

「だから、伊崎の家に助けてもらおうというのですか。もしや、わたくしがあの方を好いているように見えたことが好都合だったのですか。さもしいにも程がありましょう」

黙っていられず、律子は口走った。

　これが弟子ならば、頬を張られていたところだ。けれど律子はどこまでいっても孫娘。武蔵は愚弄《ぐろう》されても平気で、こちらを窺うような顔をした。

「誰ならいいのだ」

「どういう意味です」

「伊崎では不服なのだろう。ならば、誰がいいと訊いておる。わしの目が黒いうちなら、どうにかしてやれる」

「……」

「金を卑《いや》しいと思うのは、そなたが子どもだからだ。あって困るものではない」

「わたくし、道場主の座をお金で買おうとするような人は嫌です」

　律子が言うと、祖父は静かに眉根を寄せた。

「そなたが伊崎を見くびるのは、立ち合いで勝ったことがあるからか。剣は金より強いとでも思っておるのか。それは心得違いだ」

「仰っていることがわかりません」

　堪らず律子は武蔵の言葉を遮った。

「こんなふうに縁組みを急がれるなんて、もしやお体の具合でも悪いのですか」

　武蔵はため息をつき、首を横に振る。

「話にならん」

「おかしなことを仰っているのはお祖父さまのほうです」

「ちと甘やかし過ぎたか」

呆れ顔をされ、律子はかっとなった。

「子ども扱いなさらないでください」

「まあよい。くたびれたから一休みするぞ。──おい、菊。茶を淹れてくれ」

立ち上がりつつ、武蔵は律子の顔を覗き込んだ。

「ところで茶の湯の稽古はどうだ。薄茶くらい点《た》てられるようになったか。まさか菓子だけつまんで、遊んでいるわけではあるまいの。ふん、何だか小腹が空いたな。甘いものでも食うか」

武蔵からすれば、律子はいつまで経っても小さな孫娘。楯突いたところで声を荒らげることもできない。

その日は春の彼岸だった。

律子を部屋に残し、武蔵は菊に渋茶を淹れさせ、ぼた餅を食べた。酒が駄目な分、大の甘党なのである。飴でも干菓子でも何でも食べるが、ことにぼた餅を好む。

雛祭りには桃の花びらを浸した甘酒を飲み、彼岸には餡《あん》たっぷりのぼた餅を頬張る。それが武蔵の春である。

「律子。明日は墓参りに行くぞ」

亡き祖母は菓子作りの名人だったという。

季節にちなんだものを常に用意して、武蔵に供していたそうだ。甘酒もぼた餅も、亡き祖母のものが一番で、店で売っているものや菊手製のものでは満足しない夫のために、あれこれ試作してたどり着いた、橋田家の味である。

祖母が亡くなった後、しばらくは辛抱していたようだが、やはり彼岸には恋しくなるのか、今では武蔵が自ら作っている。

「律子も手伝ってみるか？」

一年前の春、ふと言われた。

ぼた餅は律子の好物でもある。彼岸が来るのを楽しみに待っているのは、武蔵と同じ。けれど、律子は断った。

意地を張らず、教わっておけばよかったと、今になって思う。

「ふむ、また今度にするか」

と答えた武蔵の顔を、律子はまともに見られなかった。いつまでも子どもじみた反発を続ける自分が恥ずかしかった。

けれど、正直なところ寂しくもある。

橋田家の味を受け継ぐのは、もっと先でいい。もし律子が祖母の味を受け継いだら、武蔵は安心して年老いてしまうような気がする。

4

律子の話を聞くうち、おけいは胸が一杯になった。

よほど祖父が好きなのだろう。話を聞いていると、その気持ちが伝わってくる。ぼた餅の味をまだ受け継ぎたくないのもわかる。律子は寂しいのだ。まだ子どもでいたいのかもしれない。自分が大人になるにつれ、祖父は歳をとる。律子は今の暮らしが長く続くようにと望んでいるのだ。それでいて、永遠に続くわけではないことも、おそらくわかっている。

おけいが律子の歳だった頃は、もっと無邪気だった。明日は今日の続きと信じていたものだ。さすがに今は違うけれど。三十六のおけいは、別れが避けられないと知っている。年寄りと暮らすとはそういうことだ。

おしげは五十四。美しく口も達者だが、このところ背丈が少し縮んだようだ。

平助など還暦だ。いつまで今のように元気でいられるか。二人がいなくなれば、おけいは一人になる。先行きの不安で胸が暗くなる日も少なくない。いい歳をしたおけいでさえ、そうなのだ。十六の律子が抱えているものを思うと、いじらしい。

雛あられの小皿が空になっている。

「ぼた餅、召し上がりますか」

おけいは言った。

「お話を伺っていたら、何だか食べたくなりました」

「そうね、わたしも」

頰に手を当て、おしげがうなずく。

「二人とも食いしん坊だからな」

平助は苦笑いしたが、満更でもなさそうだった。

「いいぜ、半刻《はんとき》（一時間）もあればできる」

と、威勢よく請け合う。

「そうだわ。一緒に作ってみませんか」

おけいは律子に持ちかけた。

餅米は平助に炊いてもらえばいい。

「お餅を丸めて餡をつけるだけでも楽しいですよ」

「嬉しい。ここで作り方を教われば、いつか橋田家の味を受け継ぐときに、祖父を驚かせてやれます」

「そうね」

おけいは八つのときに祖父を亡くしている。

やはり優しい人だった。生きていた頃を思い出すと、今も胸が温まる。おけいは初孫で女だったから、ひどく甘やかされたものだ。躾にうるさいおしげはときおり苦々しい顔をしていたけれど、孫にとってはいい祖父だった。亡くなった今も大事にしてもらった思い出は消えない。あの日々があるから、これまで生きてこられたような気もする。

半刻後。

炊き立ての餅米を、平助がお櫃《ひつ》に入れて運んできた。

「ありがとう」

お櫃の蓋を開けるとふわりと湯気が立ち、店に餅米の優しい匂いが広がる。平助が餅米をつき、女たちが丸めた。おけいの貸した紐で着物を襷《たすき》掛けにした律子は、顔を上気させて張りきった。器用な手つきで熱い餅をくるくると丸め、皿へ置く。

「ずいぶん大きいこと」

おけいが言うと、律子は頬を赤らめた。

「すみません。家のぼた餅がこうなので、つい。祖父の手が大きいせいでしょうね。橋田家のぼた餅は拳骨《げんこつ》みたいなのです」

「食べ甲斐がありますね」

「それはもう。お腹一杯になります。餡も厚く塗るのが祖父の流儀ですので、どうしても口の端についてしまうのです。行儀よくいただくのには苦労いたします」

「なに、ぼた餅はそんなに気取って食べるものじゃねえ。がぶっと頬張るのが一番旨《うま》いぜ」

平助も長床几に腰かけ、一緒になってぼた餅を作った。丸めた餅に漉《こ》し餡をつけ、形をととのえていく。

「味見してみてくんな」

出来立てを皿に載せ、平助は律子に差し出した。

「ぼた餅は、まだ湯気が立っているうちに食うのが乙《おつ》なんだ」

「祖父も同じことを申します」

「へえ、そうかい？」

平助は目尻を下げる。

「作りながら、台所でつまみ食いしたいのですよ。それでいて、わたくしには作法を説くのです」

律子は拳骨大のぼた餅を楊枝で切り、可愛い口に頬張った。

「おいしい。塩気が効いているのですね」

「ちょっと入れてやると、甘さが引き立つんだ」

「本当ですね。甘さもすっきりして、いくらでも入りそう」

「どんどん食ってくださいよ。そうやって、旨そうな顔を見せてくれると、こっちも張り合いがある」

「はい」

「黄な粉をつけても旨い」

「まあ。そうですの？」

「甘いのに飽きたら、青海苔って手もある」

平助は実に生き生きとしていた。律子にぼた餅作りを教えてやるのが、嬉しくてならない様子だ。

「ついでに言うと、春のぼた餅は小豆《あずき》の皮が硬いから漉し餡、秋のおはぎは皮が柔らかくなっているから粒餡。小豆は秋に穫れるから、そうやって作り分けるといい。餅米は気張ったものでなくともいいが、普通の米で餅を作ると、すぐ硬くなっちまいますからね。ちゃんと餅米を使っておくんなさいよ」

「そういたします」

平助と律子はまるで祖父と孫娘のようだった。日焼けした顔をほころばせ、嬉しげに講釈を垂れる平助は、いつもおけいやおしげに見せるのとは違う顔をしていた。本人はあまり話さないけれど、平助は昔、病気で娘を亡くしているらしい。律子を見ると、その娘を思い出すのかもしれなかった。

「よかったら、いくつか包んで持って帰ってくださいよ。お祖父さんにも食べてもらいてえから」

「ありがとうございます」

律子は下を向いてうなずいた。

「祖父が喜びます。今年は作れなくて、残念がっておりましたので」

「そうなのかい？」

「少し病気をしまして」

平助が口を閉じると、律子は笑顔で言い添えた。

「ですが、ご心配なく。お医者に掛かって、もう大分よくなりましたし、こちらのぼた餅をいただいたら、病気も吹き飛びます」

思い出話を聞いているうちに足袋も乾いた。笑顔で律子は帰っていった。

＊

律子が家に着いたとき、武蔵は留守にしていた。

玄関に出てきた菊に訊くと、今日はお粥《かゆ》をお代わりして食べたという話だった。それで腹ごなしに散歩に出たらしい。

律子は胸をなで下ろした。

よかった――。

春になり暖かくなってきたからか、この頃武蔵は調子がいい。医者の言った通り、峠を越したのだ。高い薬をもらった甲斐があった。

武蔵は半年前、軽い心の臓の発作を起こした。

昨秋のことだ。道場で稽古をしている最中に気分が悪くなり、弟子の鹿山に運ばれてきた。それを機に、鹿山に代稽古を頼み、武蔵は道場を休んでいる。

とはいえ、桜が咲く頃には、ふたたび竹刀を持てるようになるだろう、と医者は言っている。

そのために武蔵は養生につとめ、殊勝《しゆしよう》に体を休めているのだ。律子が出かけたのは、太物屋《ふとものや》に新しい胴着を誂《あつら》えてもらうため。道場へ復帰するときには着古しではなく、おろしたてのぱりっとしたものを身につけてもらいたい。

律子は『しん』でもらったぼた餅を皿に移し、武蔵の帰りを待った。散歩から戻ったら、渋いお茶を淹れて一緒にいただこう。具合がよければ、明日か明後日にも、武蔵に橋田家のぼた餅の作り方を教わろうか。今日のお礼に橋田家のぼた餅を届けたら、きっと『しん』の人たちは喜ぶだろう。

そんなことを考えていたところへ、鹿山が息せき切って駆け込んできた。深刻な顔をしている。律子は悪い予感に怯えた。

「先生が倒れました」

鹿山は武蔵を背負っていた。話し声を聞きつけ、菊が台所から出てきた。即座に事態を察し、鹿山を家に上げる。

「すぐに医者を呼びます」

菊が寝間へ案内すると、鹿山は床を敷いて武蔵を寝かせた。その後、急ぎ足に出ていき、医者を連れて戻ってきた。

突然の事態に狼狽《ろうばい》する律子と違い、鹿山は終始落ち着いていた。

駆けつけてきた医者は武蔵を診た。心の臓の音を聞いた後、難しい顔をしてこちらを見る。

「どんな容態ですか」

律子は医者に尋ねた。

「あまり、よくはありませんな」

「でも先日は、桜の咲く頃には道場へ戻れると仰ったのに」

恨み言を口にすると、医者は口籠もり、小さく頭を下げた。

「思った以上に心の臓が弱っていらっしゃいます。前のときより、今回はさらに大きかったようです。よくなるかどうかは五分五分でしょう。ともかく安静になさってください」

医者が帰った後、鹿山は家に残った。武蔵の寝ている部屋を二人で出て、客間で差し向かいになった。

鹿山は膝の上で拳を固めている。

「実は――」

診察中も神妙な面持ちをしていたのが気になっていた。何か言いたいことがあるのは、律子にもわかっている。

果たして、鹿山の話は道場のことだった。武蔵がこの冬で道場を閉めると話しているという。律子には初耳だった。理由は体力の衰え。最初の発作で倒れる少し前から考えていたと聞き、なるほど、それで縁組みをまとめようとしたのだと腑に落ちた。

武蔵は発作を起こす前から、体の異変を察していたのだろう。それで今後のことを考えた。鹿山は道場へ入って二年足らずだが、実力は折り紙付きで、道場でも武蔵の高弟と目されている。人柄も実直そうだ。武蔵が相談相手に選ぶのもわかる。

桜の咲く頃にというのは、律子を心配させまいとする作り話だ。前の発作も決して軽くはなかったのかもしれない。律子を心配させないよう、武蔵が医者へ本当の容態を伝えないよう言い含めていたのだろう。

武蔵は道場主でいる間に婿を迎えたかったのだ。もとより家格の高い家ではない。橋田道場の看板が外れれば、いい縁組みの話が来なくなる。そういうことだったのだと、律子は解した。

医者の薬が効いたのか、夕方に武蔵は目を覚ました。虚《うつ》ろに部屋を見渡した後、傍らの律子に目を留める。

「聞いたか」

横になったまま武蔵は言った。

「はい」

「驚いたろうな」

武蔵は律子の目を見た。声がしわがれている。道場で弟子を叱咤《しった》するときとは、まるで別人の弱々しい響きに胸を衝《つ》かれた。

「どうして内緒にしていらしたのです」

「病のことか」

「両方です」

「両方？」

「病のことも、道場のこともです」

二人きりの祖父と孫ではないか。水臭いにも程がある。いくら律子が十六の小娘でも、道場を手放すことがどれほど無念かはわかる。知恵を絞れば、閉めずにすむ方策があるはずだ。

「わたくしが跡を継ぎます」

律子は武蔵の枕もとへにじり寄った。

「なに？」

「道場です。手放すことはありません。わたくしがお祖父さまに代わって、道場主になります」

「馬鹿なことを申すな」

「それが駄目なら、伊崎様を婿に迎えます。それならよろしいのでしょう」

「嫌だと申したろうに」

「伊崎様でも誰でも、お祖父さまの望む方と縁組みしますから。そうすれば、気も楽になるのではありませんか。道場のことはわたくしに任せて、養生なさってくださいませ」

「養生か」

「ぜひにも、そうしていただきます」

否とは言わせない。律子は眉間に力を込め、武蔵を見つめた。

「ふむ、よかろう」

武蔵は目を細め、色の悪い唇をほころばせた。

「白湯をくれ。喉が渇いた」

肘をついて起き上がり、床を出ると、武蔵は折り目正しく座った。心の臓の発作を起こしたばかりなのに、そんな気配を露ほども感じさせない。

「誰がいいかの」

白湯で喉を湿すと、祖父はつぶやいた。

「伊崎は駄目だ。もう別の話が決まっておる。そなたは剣の強い男がいいのだろう。だとすると鹿山か。歳はいっているが、奥方が亡くなってからやもめを通しておる。子も既に手を離れておるから、面倒もなかろう。——何だ、その顔は。いくら強くても、中年では不服か」

「いいえ」

律子は涙を堪え、笑みを作った。

「本気にするな、冗談だ。鹿山はもう四十、そなたの父親のような年回りではないか。いかにわしでも、そんな無茶は申さぬ」

病を抱え、軽口を叩く武蔵を見ているのが辛かった。

元々は無口なのである。道場で弟子を相手に大きな声を出す分、家では寡黙《かもく》だった。それがこんなふうに口数多く喋るのは、律子を悲しませまいと思う一心からだ。

昔からそうだった。武蔵は剣一筋で、女子どもに弱い。弟子には罵声《ばせい》を浴びせても、律子にはできない。怖い顔の裏にはいつも優しい祖父の顔が透けていた。手に稽古中に泣いては駄目だと言い含めつつ、武蔵は常に律子を見守っていた。手に肉刺を作れば自分が痛いような顔をして、でも、何も言わない。律子が涙を堪えている限り、武蔵は続けさせてくれた。倒れたとき、すぐさま駆け寄ってきてくれる人がいるから、律子は安心して、荒稽古に打ち込んでこられたのだ。

「早く婿をとって、子を産みます」

「ほう」

「ですから、よくなってくださいませ。どうか剣を仕込んでやってください」

祈るような気持ちで言うと、武蔵は口許を引き締めた。

「似てきたな」

「え？」

「三津子だ。子どもの頃はそうでもなかったが、よく似てきた。あの子も見た目と違って、気の強い娘でな。なかなかに手を焼いた。わしにも平気で口答えして、母親を困らせておったものだ」

初めて聞く話だった。

「親より先に死ぬ不孝者だったが、そなた同様、剣の筋がよかった。続けておれば、どれほど伸びたかのう」

律子の母親の三津子も子ども時代、橋田道場で修行していた。

もっとも十三で止めた。縁組みがまとまったのだ。それで三津子は竹刀を捨て、家に入った。

その婿が律子の父親。

勉学が得意で柔和《にゅうわ》な、人付き合いに長《た》けた男だったらしい。縁組みの後、道場には新入りの弟子が増えた。婿の縁に連なる者たちだ。道場の経営は楽ではない。婿はどうにかできないかと考えた。

昔ながらの剣士で、腕は立つが、金の計算には疎い武蔵に代わって、家のために尽くそうとしたのだろう。暇を見つけて道場へ通い、冠木門の周りの雑草を抜き、夏は広場へ水を撒いた。

そうする過程で、道場にかつて三津子と相惚《あいぼ》れだった弟子がいると知った。三門弟の中でもひときわ剣の腕の立つ男で、若手ながら師範代をつとめていた。三津子が子どもの頃は、ともに稽古で汗を流した相手でもある。貧乏な家の次男坊だったが、仲間から慕われていた。

弟子の間ではいっとき、その師範代が三津子の婿になると噂が流れていたという。歳の釣り合いが取れ、武蔵が目をかけていたから、そんなふうに言われたのだろう。しかし、師範代は別の相手と縁組みした。身分の高い家の出戻りで、歳もだいぶ上だという話だったが、すんなりまとまった。師範代が三津子をどう思っていたか知らないが、二人はともに伴侶《はんりょ》を得たのである。

三津子は婿に尽くした。もう道場には出入りせず、甲斐甲斐しく料理をととのえ、妻として夫を支えた。それでも夫婦仲は悪かった。三津子が婿を迎えた後も、武蔵が師範代を代わらず重用していたからだ。

婿は嫉妬し、家の中で三津子に辛く当たった。一日中道場にいる武蔵の見えないところで皮肉を浴びせ、不貞を疑った。辛抱強い三津子は夫婦仲の悪さを隠した。弟子を抱えている武蔵に、よけいな煩いをかけたくなかったのだろう。

三津子が身籠もってからも、婿の嫌がらせは続いた。婿は幼少より剣が不得手だったという。橋田家は舅も妻も剣士。婿の自分だけ除け者《もの》にされていると、勝手に劣等感を募らせていたのだ。

生まれてきた律子を見て、婿は言った。

「似ておらぬ」

自分に似ていないという意味だ。婿は律子を不貞の子と決めてかかり、汚らわしいものを見るような目で眺めた。抱こうともせず、泣くと露骨に嫌な顔をしたという。

「この赤子はそれがしの娘ではない。汚らわしい子よ」

それまで辛抱していた三津子も、これには堪忍袋《かんにんぶくろ》の緒《お》が切れた。律子を胸に抱いたまま部屋の隅に置いてあった竹刀を摑み、婿を叩きのめした。手加減せずに額を打ち、脇腹を突いた。

這々《ほうほう》の体《てい》で庭へ下りた婿は裸足で逃げていった。朝稽古を終え、家に戻ってきた武蔵が見たのは、ふて腐れた顔で道を駆けていく姿だったそうだ。以来、橋田家には帰らなかった。仲人を通じて離縁の申し出があり、受け入れた。

その後間もなく、三津子は亡くなった。難産で体力を奪われていたところ、竹刀を振り回したせいで高熱を出した。武蔵が婿の所業を知ったのは、三津子がいよいよ危篤《きとく》に陥ったときだったという。

離縁した後も、元婿は三津子の悪口を触れ回っていたが、あるときを機にぴたりと収まった。師範代の男が黙らせたのだ。腹に据えかねた武蔵が仕返しする前に、手を打ったのだろう。元婿は足を折った。むろん師範代がやったのだ。が、元婿はそうと言わなかった。不覚にも転んで怪我をしたと話していたという。師範代は道場を辞め、橋田家との縁も途絶えた。それを潮に三津子を巡る詮索も収まった。

「寂しい思いをさせて悪かった」

正座した武蔵が言う。

「三津子を守ってやれず、そなたから母親を奪ってしもうた。父親のこともわしのせいだ。あんまり憎まないでやれ。嫉妬で道を踏み外したが、性根は悪くなかったはずだ」

弟子に怖れられた剣士も、道場を出ると一人の祖父になる。大事な娘を死なせた元婿のことをも庇うのは、それが律子の父親だからだろう。憎い元婿でも、孫娘の肉親。悪口を聞かせては不憫だと、律子の気持ちを慮ったのだ。

そんなふうに気を使わなくていいのに。

「寂しくなど、ありませんでした。お祖父さまがいらしたので」

律子は広くて温かい手の中で育った。

武蔵が道場へ律子を連れていったのは、三津子を家で死なせたから。菊がろくでもない噂を吹きこむのではないかと、怖れていたからではなかった。もう二度と、大事なものから目を離すまいと、武蔵は律子を背負って道場に通ったのだ。

「しかし、小さいうちは道場へ行くのを怖がっていたろう。わしの背中でお漏らししたこともあったな」

こんなときだというのに、武蔵はそんな軽口を叩く。

「痩せ我慢せんでいい」

まばたきをして懸命に涙を堪えていると、武蔵は子どもの頃のように律子の頭へ大きな掌を載せた。

「泣くのが駄目なのは稽古のときだけだ。道場の外では辛抱するな。辛いときは、きちんと言いなさい。わしは鈍いから、そなたが堪えていても気づかん」

「はい」

「返事だけは素直だが、今も泣くのを辛抱しているではないか」

「………」

「それも、わしのせいだろうの。道場には一人になれるところがないからな。のう、律子。そなたはいつもどこで泣いていたのだ」

「教えません」

「言いたくないか」

「いえ」

律子はぐっと奥歯を嚙みしめた。

「覚えがないだけです」

「泣きたいときがなかったと申すか。それは嘘だろう」

「立ち合いで負けたときには、泣きたくなりましたけれど」

「ほれ見い」

「それ以外には覚えがありません。負けたときにも、泣くほどのことはありませんでした」

「そうか。よく辛抱したな」

武蔵が律子の頭を撫でた。

手の肉刺が破れたときも同じことをしてもらった。年上の弟子に一打で倒された日の帰り道では、手を握ってくれた。翌朝、いつもより早起きすると、武蔵は既に身支度をととのえ、律子を待っていた。

「稽古を積めば強くなると、お祖父さまが教えてくれたから――」

「精進に勝るものはない」

「はい」

「だが、負けても構わん。また立ち上がればいいだけだ。その気力がないときは、ふたたび気が充《み》ちるまで待ちなさい。それでも無理なら止めればいい」

「ですが――」

「これ、まだ話しておる。勝ちに拘《こだわ》らなくてもいいということだ。どのみち勝ち続けることは難しい。剣士でなくとも同じだ。誰しもいずれ病や怪我に倒れて死ぬ」

「そんなことを仰らないでください」

「しかし、心の臓の病は厄介だからな」

あの武蔵が、こんな弱音を吐く日が来るとは。

「いいか、そなたは孫。襁褓をつけておった頃よりずっと見てきた。勝とうが負けようが、どうでもいいわい。そなたはわしの大事な宝よ」

「………」

「申したいのはそれだけだ。まあ、励め」

「お祖父さま」

律子は武蔵の枕もとに、にじり寄った。

「そんな気弱なことを仰っては困ります。遺言めいたことを口にするのは止して、病を治してください。勝ちに拘るなと仰いますが、わたくしは強くなりたいのです。橋田武蔵の孫が舐められては、お祖父さまの剣名に瑕《きず》がつきます」

「嬉しいことを申すの」

初めて立ち合い稽古で勝った日には、武蔵は顔中で笑った。

いつだったか、もはや女子の剣を超えておりますな、と鹿山が律子を褒めたときには、苦虫を嚙みつぶしたように口の端を下げ、笑顔になるのを堪えていた。

「わたくしの先行きより道場のことが先です」

「頑固な奴め」

「お祖父さま譲りでございます。どうか稽古をつけてください。わたくしが道場を継ぎます」

「そなた、それほど剣が好きか」

あらたまった口振りで武蔵が訊く。

「もちろんです」

律子は即座に首肯《しゅこう》した。

「ふむ」

武蔵は掌で顎を撫で、どうしたものかという面持ちになった。

「ならば、手はある」

「本当でございますか」

「ああ。だが、今の腕前では駄目だ。鹿山に勝てたら跡継ぎにしてやろう」

「はい――！」

「そうと決まれば稽古だ。支度をしろ、今から稽古をつけてやる」

武蔵は立ち上がった。

「心の臓は苦しくないのですか」

「なに、薬がよう効いておるわ」

その晩から、律子の猛特訓が始まった。

朝から日暮れまでは道場で、家に帰ってからは畑の横の広場で稽古した。武蔵は手加減なしに打ち込んできた。心の臓の発作を起こしたばかりとは思えない、鋭い剣だった。律子は必死についていった。

体中に打ち込まれ、青痣を作りながら、武蔵のしごきに食らいついた。並の稽古では師範代の腕に追いつけないと、自分でも承知していたからである。

十日に一度、医者が家に通ってきた。

武蔵は素直に苦い薬を飲み、菊に滋養のあるものを作らせた。医者に勧められ、

「高直だ」とこぼしつつ、高麗人参《こうらいにんじん》も摂った。そのおかげで武蔵は回復した。律子に稽古をつけていると聞くと、医者は渋い顔をしたが、体を診てから、「くれぐれも無理をなさいませぬように」との注意つきで許可した。

「わかっておる」

武蔵は医者の言いつけにうなずいた。

「律子が鹿山に勝つまで、死ぬわけにいかぬからのう」

実際、薬のおかげか武蔵は元気だったのである。医者も首を傾げ、「さすがに体の鍛え方が違いますな」と感心していたほどだ。

やっと、その日を迎えたのは春の終わり。

桜も散り、紫陽花《あじさい》が日ごと鮮やかに色づく頃、律子は道場で師範代と立ち合い試合をした。

よく晴れた日で、道場には柔らかな陽が注いでいた。律子は着慣れた胴着に袴をつけ、試合に臨んだ。

見分役《けんぶん》は武蔵。竹刀を手に、堂々たる姿勢で立っている。

鹿山と対峙《たいじ》したとき、律子は武者震いした。日頃は物静かなのに、竹刀を交えると、鹿山はまさに強敵だった。以前の律子なら、どこから打ち込むべきかもわからなかったに違いない。

先に一本入れたほうが勝ち。律子は自分から仕掛けていった。試合が長引けば、体力の劣る自分が不利になる。武蔵が見守る中、律子は声を上げて飛び込んでいった。

負ける気はしなかった。幼い頃より武蔵に注がれてきた情を気迫に変え、律子は鹿山に挑んだ。ほぼ同時に打ち合った気もしたが、一瞬速く、律子の竹刀が鹿山の脇腹を打った。

勝った——。

律子の身に別の震えが来た。耳に己の鼓動が聞こえている。試合の後の興奮で、全身の血が沸き立っている。これで道場を継げる。そう思いながら顔を向けると、武蔵が律子を見ていた。

「ようやった」

その目に光るものがあった。生まれて初めて見る、祖父の涙だ。削《そ》げた頰に涙が伝っているのを見たとき、律子の目も熱くなった。たちまち視界がぼやける。

ようやく武蔵の恩に報いることができたと、律子は思った。今日まで無理をさせた分、武蔵には休んでもらわないといけない。いくら医者が感心するほどの速さで回復しているとはいえ心配だ。せいぜい養生して体をいたわり、長生きしてもらおうと思ったのに。

結果を見届けて気が弛んだのか、武蔵はその場にへたり込んだ。慌てて駆け寄り体を支えると、驚くほど痩せていた。ほとんど骨と皮ばかりになっている。武蔵はもう立てなかった。竹刀に縋りつき、やっと上体を支えている。律子が衝撃を受け、口も利けずにいると、武蔵は「すまない」とかすれ声で詫びた。

試合の前の姿が嘘のようだ。

いったい何を見ていたのだろう。胴着の中で体が泳ぎ、細くなった首には筋が浮いている。武蔵は土気《つちけ》色の顔をして、ぜいぜいと喘《あえ》いだ。竹刀を手にしていたのは、ふらつく体を支えるため。本当は立つのもやっとだったのだ。

「もっと長生きしてやりたかったのだが――」

武蔵は悲しい目で律子を見た。

「堪忍《かんにん》してくれ」

弱っている武蔵がまた詫びる。律子は黙っていた。口を開けば嗚咽《おえつ》になりそうで、かぶりを振るので精一杯だった。

「後のことは鹿山と相談せい」

「あいつは信頼の置ける男だ。きっと、そなたの助けになってくれる」

声が徐々に小さくなる。唇はもう、ほとんど血の色が失せている。

「律子や」

武蔵が切なげに呼ぶ。

「律子」

「はい、お祖父さま」

呼ばれるたび、胸が詰まる。もう喋らないでくださいと言いたい反面、もっと声が聞きたい。

「もそっと近づいてくれるか。顔がよう見えん」

律子が言われる通りにすると、武蔵は笑った。

「綺麗になったのう」

目を細め、しみじみとつぶやく。それから武蔵は律子の頭を撫でようとしたが、腕が上がらなかった。切なそうに顔を歪め、ため息をつく。次の瞬間、空を掻いた指がだらりと垂れた。

「幸せになりなさい」

「――はい」

それが最期の言葉になった。

「お祖父さま」

律子が叫ぶと、武蔵の眼がすうっと窄《すぼ》んだ。今もそこに律子は映っているのに、武蔵は見ていなかった。痩せてもなお、大きな体はまだ温かい。それなのに、もう息をしていなかった。

＊

梅雨明け間もない頃。

ふたたび律子が『しん』にあらわれた。前に会ったときより、わずかな間に大人びたようだ。律子はぼた餅の礼に、おけいへ瑞々《みずみず》しい向日葵《ひまわり》をくれた。今朝咲いたばかりだと言う。

今日は祖父のかつての師匠の息子のもとへ、道場の跡継ぎとなったことの挨拶に行くのだそうだ。鹿山という高弟が養子となってくれ、家も存続できることになったという。

「お祖父さま、お亡くなりになられたの」

「はい」

先だって四十九日の法要を済ませたと律子は言い、静かに目を伏せた。顔が細くなり、顎が尖っている。大人びたように感じるのは痩せたせいかもしれない。

祖父の死後、鹿山が実はかつての師範代だったと、律子は知った。

鹿山は三津子の一件を機に橋田道場から離れていたが、武蔵に乞われて戻ってきた。病を得て、向後《こうご》のことを考え、助力を求めたのだ。二度目の発作を起こした後、武蔵は鹿山を養子にして律子を託したという。

「おかげで婿取りの話は流れました」

これからは剣士として生きていく。雛人形を処分したお金で、老朽化した道場に手を入れる。武蔵は道場を閉めると決めたとき、孫娘が先々困らないよう雛人形を金に換えた。それを律子は道場のために使った。

あの雛人形は律子の無病息災を祈って武蔵が購《あがな》ったもの。手放したことは寂しいが、その金を道場に費やしたことに悔いはない。

鹿山との試合の際、あらかじめ道場に控えさせていた医者によれば、あのときの武蔵は身を起こすことも難しい状態だったそうだ。はっきり言ってしまえば、いつ死んでもおかしくなかった。見分役を務めおおせたのは奇跡。正直なところ、桜を見ることも難しいと思っていたと医者は言った。桜が散るまで生き長らえ、雄姿を見せたのはひとえに武蔵の意地。最後まで格好いい祖父だった。

だから大丈夫。

「わたくしの剣には祖父の教えがすべて残っております。こうして元気に過ごせるのも、祖父が無病息災を祈ってくれたおかげ。不思議なことに、今もときおり祖父の気配を感じるのです。傍で見守ってくれているのかもしれません」

そう語り、去っていった律子の後ろ姿は楚々としていながら逞しく見えた。日々の鍛錬の証だろう。

「きっと立派な剣士になるわね」

軒下でおしげと肩を並べ、おけいはつぶやいた。

「ええ、お祖父さまもお喜びでしょう」

「秋のお彼岸にはお墓参りしましょうね」

「そうしましょう。ご先祖様にお前のことをよく頼んでおくわ」

「わたしはもう一人前の大人ですよ」

「そうね」

おしげにしては珍しく素直にうなずく。

「でも、親は心配なの。娘がいくつになろうと。わたしも律子さんのお祖父さまと同じ、お前を残してとても死ねる気がしないもの。せいぜい長生きしないと」

「頼もしいこと。わたしが呑気にやっていられるのは母さんのおかげね。口やかましいのは困るけど」

そう言うと、おしげは苦笑いした。

「口やかましいは余計ですよ」

日が高くなってきたからか、木漏《こも》れ日《び》が眩しくなってきた。

「さ、暖簾を出してちょうだい」

この先も律子は自分の足で歩いていく。

慈しんでくれた人と過ごした日々の思い出は貴重だ。どれだけときが経っても、振り返ると、いつでもその日々は胸のうちにある。懐かしい人々は笑顔で自分を見守り、そっと背を押してくれる。そのことを、おけいはよく知っていた。そうやって生きてきたからだ。

おけいは律子のくれた向日葵を店に飾った。

小振りだが、茎が真っ直ぐ伸びたいい花だ。水切りして窓の傍に飾ると、葉先がぴんと立った。

「律子さんみたいね」

向日葵を眺めていたら、おしげがつぶやいた。

「本当に」

おけいも同じことを考えていた。

窓越しに注ぐ朝日を浴び、花は凛《りん》とした佇まいを見せている。朝日は傍らに立つおしげも照らしていた。初夏の強い光に晒されても母は美しい。面を上げて咲く向日葵はおしげにも少し似ている。

光文社文庫

文庫書下ろし／長編時代小説

みぞれ雨《あめ》　名残《なごり》の飯《めし》

著者　伊《い》多《た》波《ば》碧《みどり》

2022年3月20日　初版1刷発行

発行者　鈴木広和
印刷　堀内印刷
製本　ナショナル製本

発行所　株式会社　光文社
〒112-8011　東京都文京区音羽1-16-6
電話（03）5395-8149　編集部
8116　書籍販売部
8125　業務部

ISBN978-4-334-79327-2　Printed in Japan

組版　萩原印刷

光文社文庫最新刊

独り立ち　吉原裏同心(37)	佐伯泰英
廃墟の白墨《はくぼく》	遠田《とおだ》潤子
暗黒残酷監獄	城戸喜由
C　しおさい楽器店ストーリー	喜多嶋　隆
女殺し屋　新・強請屋稼業	南　英男
駅に泊まろう！　コテージひらふの雪師走	豊田　巧
ペット可。ただし、魔物に限る　ふたたび	松本みさを
人生おろおろ　比呂美の万事ＯＫ	伊藤比呂美

光文社文庫最新刊

千手《せんじゅ》學園少年探偵團　また会う日まで		金子ユミ
神戸北野　僕とサボテンの女神様		藍川竜樹
町方燃ゆ　父子十手捕物日記		鈴木英治
御館《おたて》の幻影　北条孫九郎、いざ見参！		近衛龍春
みぞれ雨　名残の飯		伊多波碧《みどり》
あたらしい朝　日本橋牡丹堂 菓子ばなし㈨		中島久枝
本所寿司人情　夢屋台なみだ通り㈣		倉阪鬼一郎